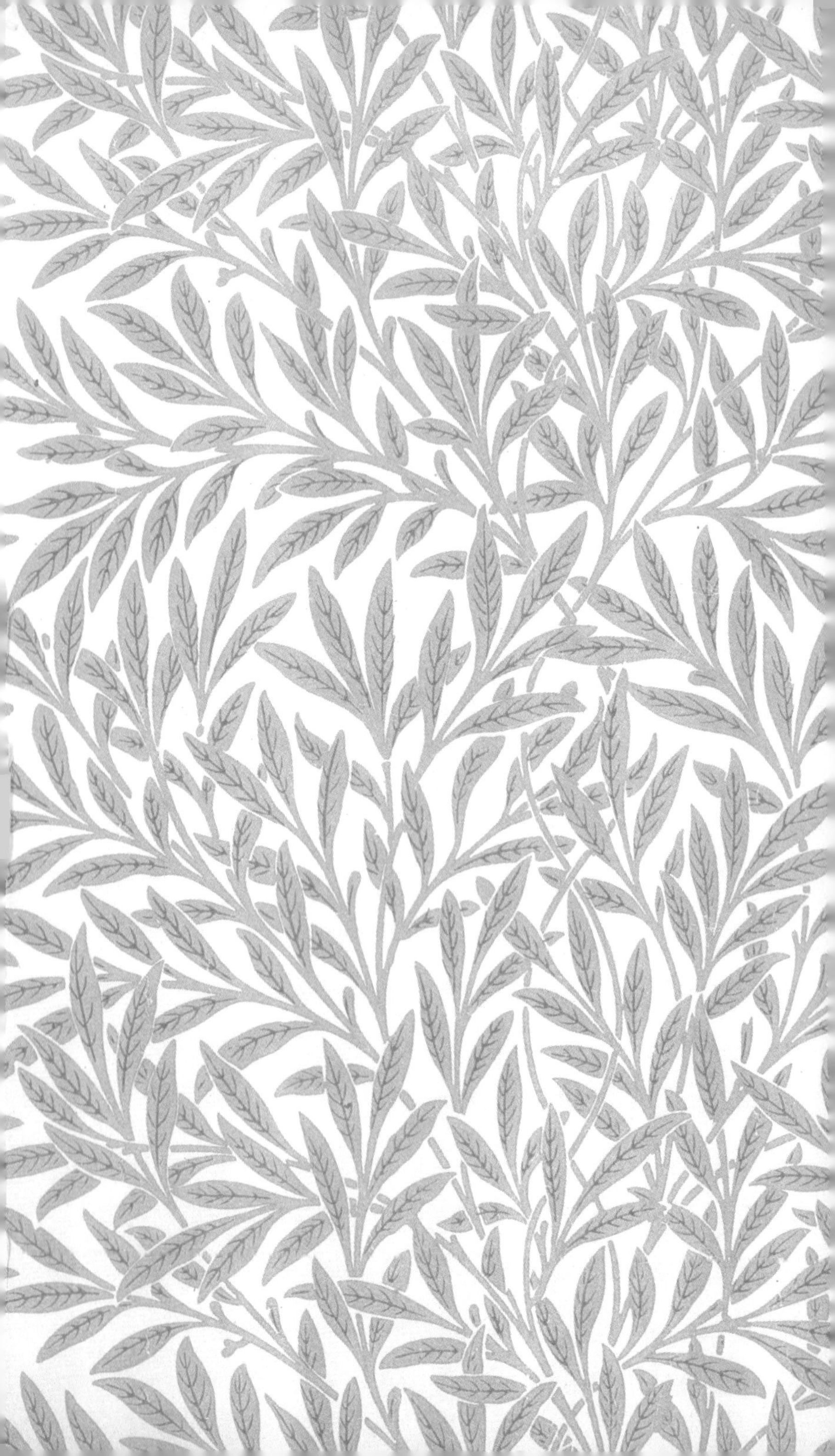

三民叢刊 85-2

訪草

第二卷

陳冠學 著

三民書局印行

自序

陳冠學

《訪草》預定寫到第三卷，但第二卷寫到一半，因編寫臺語字典，四年多來，幾乎輟筆，要寫到足數，恐怕已不可能，可知第三卷，似乎已不可能寫出。第二卷便以這半卷的量出書了。原本《進化神話》出了第一部，接著便要推出第二部，也因編字典的緣故停了下來。《進化神話》原擬寫到第三部，是否能寫出，也變成了一個未知數。加之，我年前仰跌一跤，傷及腰臀，會不會成為殘廢，也是個未知之天，若果成了殘廢，我的寫作生涯，將到此為止了。要不是我的學生廖貴蓮女士像我的女兒一般地照顧我，我早已不在人世，連這半卷《訪草》的出書都看不到，遑言寫這篇簡短的序。我一向不喜歡在著作前寫序，這篇序卻是不能不寫。

二〇〇五年一月三日於綠陽山莊

訪草

第二卷

2 訪草第二卷

老讀書的懷念

讀了一輩子的書，自髫齡讀到黃髮，不能不算是老讀書。只是非出身書香門第，直到己身方纔購得幾本書，都是些極其尋常的本子，所謂珍本豈敢奢望？手頭偶爾購得康梁戊戌維新之年刊印的一、二部經書，及日本文政年間刻的蠶紙本，儕輩同為農家子的，便欣羨不置。到底是農家子弟，只能到此。但是像那宋本元本，固然是稀世之寶，在校勘學上有著無上的價值，卻拱璧般，不可觸摸，論讀書，可以說毫無價值。倒是一般勘校精良，校對仔細的清版，反較實用。而入民國以來，西式書代替了老線裝書，更形便利，且更豐富。

記得民國四十一年，負笈省垣（臺北），就讀師院，一、兩天就從和平東路到重慶南路往復走一趟（就是不肯乘市內車）。回宿舍來，或挾了幾本新書。所謂新書，那是淪陷前在大陸出的書，有的是民國二十幾年版，大部分是三十六年版，也有一些是三十八年版。那些書都有樸質的外表。封面上只有書名，作者、出版者名，寥寥幾個字，很少有插畫，彩色套印更是沒有的事，也沒有塑膠打面，更沒有塑膠套。封面紙大抵是種較精製較厚的印書紙，和掌心、手指直接接觸，有種親切感。書內紙大體是種不白不黃，蓬鬆而輕，不反光，專為配合眼光而設的道地印書紙，看來極其舒適，久看不倦，在任何光源光度下都可讀，實在設計得很好的紙質。至於字體更合人意，有的樸質可愛，有的厚重信實，有的秀麗光豔，有的嚴整有威，各種字體各具有其特殊的風格，每個字都各自有其獨特的個性。字號一般是五號的普遍，也有用四號的。字大很省眼力，四十以上老花眼，也不必戴眼鏡。書本打開來有種特殊的書香味，而且跟酒一樣，越陳越香，怪不得有「書香門第」的成語。大概這種民初以來樸質的西式中籍，是承襲老線裝書的傳統下來的，纔能有這麼多的好處。

老線裝書，起源五代，到北宋而臻完美，無論用紙、規版、書寫，都是集第一流的手工；其用紙之樸質且不用說，尤其書寫，一定要出於第一流的美書法家。自後元版、明版、清版，字體上雖漸趨於工整，仍舊都是精心的創作。民國以來（或清末以來）的活字字體和用紙，就是承襲了這個傳統下來，故西式書仍具老線裝書的風格，那麼的宜人意。可是這一批書，書店裏存貨極有限，只有賣出去的，沒有印出來的，因此不到三、四年工夫都賣光了，於是便有了臺灣印的書補上來應市。

起初臺版書活字和用紙，還是舊存貨，印出來的書大體上還接近大陸版。但是紙張存貨極有限，於是臺灣新製紙不得不開始應市。臺製印書紙，紙質色澤遠不及大陸版用的紙，色澤過分趨向灰色，紙質有點像木造紙。起初在書店裏看到這一批新書，很覺不習慣。光是外表就差得多，像書脊的稜角線便過分堅硬，不像老書的柔和。改買這樣的新書，對讀慣了老書的人，起初是件痛苦的事。於是開始使人懷念起老書來。鄉鎮書店成了搜求老書的唯一所望，像花蓮、臺東都是好目標；在高雄無意中發現一家書店，叫黎明書店的，小小的店面，在偏僻的角落裏，果然給我發現了不少開明版的老書。鄉鎮搜光之後，懷念變得更殷切，就轉向舊書攤。這裏出奇地，只要勤跑，總有收穫。接著一種東洋風吹襲過來，臺版書又有了更大的改變，老讀書客的懷念因之更深。

民國四十五年以後，日本新字模像一陣颶風淹襲全臺，所有舊字模沒有幾年工夫全部被淘汰。出版物一式是日本新字體。這種新字體，十足的是現代機械文明的模式，看了沒有一點兒美感。每個字都套在橫直行的橫直線上而被刻成，任一豎劃任一橫劃都受橫直線的統制，一個字像一個兵卒，沒有個性地排列在大部伍裏，一律看齊，只具字形而已，談不上字的生命、風格；並且字劃細如蚊腳，很費眼力。顯然的，字工是出生在極端機械文明下，看慣了鋼鐵筋骨的造設，大者如鐵塔，小者如書架，於是他們也把文字看成一種迷你的鋼筋構成，越細越省材料，因為鋼鐵堅固，無須粗大。他們缺乏對文字書寫的素養，比起宋版的美書法家，簡直可說是文盲。拿這樣的機械工匠來刻鑄文字，實在是太虛妄了。文星書店的新刊雷厲風行，可為當時的代表。但是真正的老讀書，望之只有興歎，感到悲哀。自後日本新鋼筋字風行全臺，要找一家舊字體的排字廠或印刷廠而不可得，那為眾美所注的老字體，在臺灣是真的絕滅了。

在老字模被毀鑄成新字模之後，舊大陸版的影印書，成了老讀書們惟一可買可讀的書，如新興書局影印的翻譯世界文學名著，前時未被看重的，也成了奇貨。可惜影印商只肯製一次版，一版數十刷，弄得除了初刷，二刷、三刷以下都不能讀（刷字臺灣的生意人都冒用版字以欺購買人）。到現在一般影印書都是一版幾十刷，已不能買不能讀了。

然而每況愈下，到了近十年，連那些鋼筋活字版都很可貴了。另一種更糟的電打平版書已取代了它。活字版再壞總是活字印刷，有實感力感重感，字字吃入紙裏，像嵌了進去似的四平八穩。可是電打平版印刷，則每個字只是可憐的被輕輕抹在紙面上，好似只要書頁一振，就會被彈掉似的浮淺。本來這種電打平版是為畫刊而設的，以圖畫為主，文字為從，文字少之又少，自然無妨，如今用來印數萬數十萬字的字書，它的缺點就毫無遮掩地暴露出來了。並且電打字體，比那鋼筋活字還更鋼筋，實在令人不堪入目。其中印得還可寓目的，是中文版《讀者文摘》，可是還是圖文參半，不是全部文字的書，並且它的文字仍然比不上鋼筋活字，可知電打平版的短處。此時電打平版書正大行其道，連堂堂商務印書館的古籍今注今譯都採用此道，所出的書，簡直見不得人！這裏可看出該館上上下下的人是不看本館新出的書的，否則他們先就受不了，不至拿這種印刷品來糟蹋別人。

另外隨著鋼筋字的風行，在用紙上也有著同樣的沒落。這個可以志文出版社的新潮文庫為代表。那時臺灣一窩蜂地以木造紙代替印書紙。此紙堅實光面，白而反光，是最不足取的用紙。當時看情勢以為自此無望了，沒想到仙人掌出版社出來舉義旗，於是又一窩蜂地用印書紙。此時所以又一窩蜂地反正，是大康廠出了一種極漂亮的印書紙之故。

臺灣近年來，風氣浮華，只愛漂亮，不重實用，書本的整個趨勢，就是這種風氣的反應。不過大康紙雖救了書本的沒落，還是比不上老書所用道地印書紙的樸實。紙質近於木造，略有光面，色澤過黃。這是大康紙的缺點，可也正是它所以漂亮的因素。

書本的演變會一直沒落下去，還是會幡然回歸，誰也不能預料。也許將來電視、電影、記錄片和畫刊，會取代書本的功能，到那時一般書本將成了歷史的陳跡，懷念的當不止是老讀書客了。

——一九八二、三

7 日記

所謂日記，當然指的是私記，至於公記，通常稱做日誌，似乎有不成文法的分別。其實便是日記，也有公私之分。一般文人寫日記，動機早就很可疑，他們寫的日記，多半是要給別人看的，純粹是個人的私記，記不足為外人道的私事、私情、私思乃至私念者，反而是稀有。文人大率自少耳濡目染，希聖希賢，不免潛在地抱著強烈的不朽觀念，一旦拿起筆來，心中早已預想著千年萬代，因此下筆自然就公私不分明了。所謂公私不分明，也就是真公與假私相混；假私便是公，故這些日記全是公記，不是私記。

有不少文學家、哲學家，身後都留下了大量日記，成為人類寶貴的文化財產。也有的人正在盛年，便出版日記，像這樣的日記，視為個人的廣告宣傳特刊可也。真正私的日記，無論生前身後，都是一概不宜公布的。公布這種真私記，對於公眾是褻瀆，公眾讀它，則是褻瀆日記主人翁，兩不相宜。

私記不必是藏著罪惡，不必有羞於見人之事。只要是私便不是公，這是邏輯界定，故文明國重隱私權，隱私並非在藏匿罪惡或穢行。人沒有私，便是單純的公眾工具。的確，熱心人無不想捨身做公眾的工具。但人，人人也都想做自己，這自己便是所謂的私。沒有私，說這個人不曾活過也不為過。然而再怎樣的熱心，如墨子，也不可能全無私的生活。

關於公的日記，我也寫過三個月，但那實在是文學創作，算不得是真日記。盧梭發表過《懺悔錄》，雖不是日記，實與日記無異，連手淫都公布了出來，視為小說創作可也。可是我卻結結實實記了十幾年的日記。一年一冊，這些日記現在卻成了我的贅疣，是我的諸多煩惱中的一大堆煩惱。也許您會提議，給以一把火不就切除了嗎？要能切除還算贅疣嗎？我就是動彈它不得，纔養癰為患，而且這些贅疣還是歷年在增息，一年增息一本，不知道還會增息到多少本？

只為裏頭有公有私，且公私參半，一把火將私的部分燬了，那公的部分當然也玉石俱焚了。也許您要問，那公的部分到底有多要緊？亦即有多大價值？當然是極為寶貴，我一直不斷地在記錄田園的自然動態，這些公的部分，將來極可能成為田園衰亡史的第一手史料。因此，不得已，我只有採取將私的「抹黑」的手段。大學裏頭有一個考古學系，是培養挖骨的專家。傳記學這方面也有類似的「考古學家」。考慮到在我身後的這批學家，我的「抹黑」手法煞費苦心。你一定得防著無論用一般物理、一般化學的、顯微的、電子的，一切可能有的尖端科技的透視術、顯示術、濾過術、復原術、湊合術等等擬仙術纔行。但一定防得了嗎？因此「抹黑」後我的這一大堆煩惱依然未消除。怪只怪自己懶，公私不分明。若自始公私分冊，哪會有這等事？

——一九九二、七、八

時光郵差

五月中下旬，跟小女兒研習新出六月份《空中英語教室》（小女兒以此為課本），每為封面那隻波斯貓所感動，不免一再讚歎現代攝影術和印刷術之神乎其技。我跟小女兒說：「達文西要是有機會看到這張封面，不知道他會有什麼感想？如果有時光郵差，郵資不很貴，爸爸很想把這張封面寄給他。」小女兒聽了眼睛一亮。我立即省覺到這句話給小女兒打開了小孩子們天真爛漫的一道深邃多彩的遊戲之門了。

近年來時常看到一些科幻電影，往往有時光隧道的情節，假設科技的新發明，人類可以追溯過去，攔截未來，真是異想天開。在電視新聞上，也曾經看到英國大物理學家Stephen W. Hawking 介紹黑洞，說是在黑洞附近，時空會被扭曲，換句話說，只要靠近黑洞而不被吸入，人類若有適當的飛行器，便可能憑藉黑洞吸力經由扭曲的捷徑回到過去。如果科幻果符現代物理學的推測，有朝一日，人類極可能在一般的時光隧道旅行之前，先施設時光郵政，亦即，那時有可能先設有時光郵差。當然這種尖端科技所費不貲，郵資必然是天文數字級的，或許寄一件小信件或小包裹，便足以令中產家庭破產。

當然，若真有這樣的時光郵差，郵件的管制一定很嚴格，郵差遞郵件必定異常神祕，務要讓收件人莫知來由，彷彿是天上掉下來的。因為過去是絕對不許改變的，萬一因郵件引起過去改變了，後果將不堪設想。因此，郵件篩檢一定很嚴格。寄一張註明一九九三年六月的刊物封面，是否能過關還是一個問題。設使過關了，這份郵件到達了達文西之手，依照我寄件的動機，我是希望達文西這位偉大的畫家，獲得夢也夢想不到的驚喜。一張薄薄的平面紙，達文西將翻來覆去地看，最後是斜著看，他會百思不解，這是什麼樣的手法，顏料勻得居然沒有絲毫厚度。等他看到了年份，將更加迷惑，我無法想像達文西是不是能夠明白過來，這是五百年後尖端科技的產物。我希望他會明白過來，這是我的目的。我想傳達給達文西的，是千萬種人類夢寐以求的努力中的一種——寫真，人類已在二十世紀完全達成，無遺憾地沒打折扣地達成了。達文西要是明白過來，必定會十二萬分感到安慰。

我問小女兒讓她寄的話，她寄什麼給達文西？小女兒說她要寄彩色印刷的〈蒙娜麗莎〉像。我聽了不由讚一聲妙，小女兒真把握到了事件的肯綮，真是高段，乃父自歎弗如。

小女兒問，還要寄給誰？我說寄給孔子。小女兒問寄什麼？我說寄奧林匹克運動會特刊，附以用大篆寫的《論語》句式說明文字，希望郵檢得以通過。小女兒問孔子接到特刊會怎樣？我說孔子會感到絕望，會認為人類要滅亡了。小女兒問孔子怎麼會這樣想呢？我說孔子看到運動員穿得那麼少，而且又那樣貼身，私處畢現，跟裸體無異，他心裏有個判斷：二十世紀是色情氾濫的世代，因為色情氾濫，可知是資源浪費，瀕臨枯竭的時代。他在二千多年前專心致力人格教育，推行道德理念，沒想到二千多年後，人類不僅沒有進步，還且墮落到這個地步。小女兒問單憑運動員的穿著，便能看透我們這個時代嗎？我說孔子是大思想家，一張圖片足夠他透視一切了。

小女兒又問還寄給誰？我說寄一小罐鋁罐果汁給王羲之。小女兒問王羲之是誰？我說〈蘭亭集序〉你會背，怎麼忘了它的作者？小女兒說還不如將五南圖書公司的《古文觀止》〈蘭亭集序〉那一頁剪下來一併寄給他。小女兒真行，她出的都是高招。隨後小女兒問：他接到會怎樣？我說鋁罐會先吸引他，他嚐到果汁會嘖嘖稱奇，看到那一頁〈蘭亭集序〉的正楷活字印刷，他會佩服得五體投地，他的書法他會自歎不如。小女兒聽了高興地微笑。

還寄給誰？小女兒隨後又問。我說寄一小罐汽水罐頭和一本《陶淵明集》給蘇東坡。小女兒抗議說：種族歧視！怎麼老寄給中國人？應該換寄給外國人嘛！我說：那麼你說該給誰？小女兒想了想說：寄一小罐鋁罐汽水和一小瓶五元錢的軟塑膠瓶裝膠水給培根，他是西洋實驗科學的鼻祖，這下可好看了。小女兒說著狡猾地笑。的確，培根接到這兩樣物件，驚奇之後，會大大傷腦筋：飲料冒氣泡，鋁質、塑膠質，全是他無法理解的。

我問小女兒還寄不寄？小女兒說再寄一面玻璃鏡子給埃及豔后克麗奧帕朵拉，她會生氣的。我不解。小女兒說：本來她用銅鏡，照得朦朧，這回原形畢照，臉上皮肉凹凸不平，黑斑魚尾紋全看到了，怎麼不生氣？原來小女兒寄件全出於惡作劇，這大概是小孩子的通性。

我問小女兒：你不是說英國女王伊麗莎白一世小時候很苦嗎？要不要寄一小盒精美

塑膠製髮夾給她？小女兒噘起嘴說，她登基做了女王很霸道，是個暴君，纔不寄給她呢！

小女兒「嗯」了一聲，正在思索下一個對象。我趕著說：我們家破產了，不能再寄了，就是不破產，也得留給別人去寄呀！小女兒點頭一笑說：不知道別人會寄給誰？寄什麼？要是做一次調查，豈不妙哉！

——一九九三、八、二十九

附註：最近霍金教授已公開承認他的黑洞推測錯了。

——冠學〇四、十二、十五

愛情這條路

人生一段年齡有一段年齡的路走，愛情這條路上走的全是年輕人，但偶爾也見有老年人老態龍鍾雜在年輕人中間，令人覺得很不協調。我嘗有一個夢想，夢想著一個看不見老人的少年國，此國的老年人悉數退到另一個島上去；我想將這夢想分別給寫成「美人島」和「老人島」的兩篇文字。但是在現實的世界，這有可能嗎？如有可能的話，這個少年國遍國中的路將全是愛情路了。

若世間真有少年國的話，那應該是一個美人國，少年人再醜都有幾分美，老年人再美都帶著好多分醜。因此我們可以確認，愛情這條路是美人路，那該是一切路中最吸引人的路了。若你活到七老八老，也跟少年人擠在愛情這條路上，你不啻是將醜去插入美中，那是極不妥當的。老年人應該避開愛情這條路，以免造成不協調。可是卻也真有一些老年人忘記我是誰，不止是造成不協調，還造成悲劇，實在令人一掬同情之淚。

川端康成得了諾貝爾獎之後，以古稀之齡愛上一個不滿二十歲的少女，當然這只使得他在愛情這條出雙入對的路上落單，終至以煤氣自殺了結。我們很同情他，他當然是錯了，但是什麼是錯呢？這也很難說。

鼎鼎大名，首部標準英語大辭典的編纂者約翰生 (Samuel Johnson)，五十五歲那年認識了二十四歲的施萊爾夫人 (Mrs. Thrale)。施萊爾夫人熱心照顧約翰生有十六年之久。約翰生七十三歲這一年，施萊爾夫人喪夫，約翰生居然寫了一封極盡威脅之能事的信要施萊爾夫人嫁給他，施萊爾夫人卻跟一個年輕標緻的意大利歌手偷偷結婚。約翰生以醜聞名，他老年時該醜得更徹底，施萊爾夫人之不願意嫁給他是意料中的事。但約翰生不是多愁善感的文學家，此後他還活了七年。

在這方面，德國大詩人歌德，尤為出名。一八二一年，歌德七十三歲，去曼林堡的 Levetzow 家避暑，認識了十七歲的 Levetzow 家少女渥麗凱 (Ulrike Von Levetzow)。十多年來歌德對渥麗凱的母親原有些溫暖的感情，這回初次認識了她的三個女兒，渥麗凱居長。第二年歌德又去避暑，第三年又去了。歌德跟她們母女在同一個屋頂下起居生活，日久生情，居然禁不住熱情，透過卡魯爾大公向渥麗凱求婚。結局可想而知，歌德落寞地離開了曼林堡，形單影隻回到魏瑪。這年年底歌德因失戀而病倒了，但歌德還活到一八三二年。自一八二二年起歌德著手寫作《浮士德》第二部，一八三一年底前脫稿。這期間歌德在《浮士德》第二部中，透過書中主人翁浮士德，跟絕世美人海倫出雙入對纏綿在古希臘的時空中。大概是這下半部《浮士德》救了他這條老命，不然以歌德的詩人感情，他是撐不下去的。《浮士德》第二部甫完稿不數月，即一八三二年三月，歌德便死了，顯然歌德的愛情失去了寄托。

講了這三位文豪老年落寞的愛，不免一陣鼻酸。唉！人生！人未死前便先老醜了，老醜比死還更殘酷，你再偉大，是什麼樣的曠世天才，那銷魂的愛，連在夢中都得不到了。枯木死灰的人生，不死何為！怪不得美國第一個馳名歐洲文壇的小說家霍桑會撰出一篇〈青春之泉〉來。設使有那麼一種泉水，飲後即刻恢復青春，這將是人間之至寶。人單說不死是無意義的，要能青春永駐纔有意義。

我們談神仙談得許久又許久了，你以為神仙都是那些人？鶴髮童顏的老人？呸！老人怎可能是神仙，只要會老就會死。神仙應該是年輕人，否則一定是長不大的萬年童子，我則寧肯說，神仙全都是愛情這條路上的人。只要是愛情這條路上的人便是神仙，人間世中的每個人都曾經是神仙，只是世間愛情這條路異常地短，和那仙界愛情這條路的長遠是不能比的。一經結了婚成了夫妻，愛情這條路也差不多便走完了。那甜蜜感、那銷魂感一經褪落，你便從仙界跌回凡間，以後的日子是一步步步向人生的終點——死，也許你在臨死前，也像前述三位文豪渴想回到愛情這條路上去，可是終歸是枉然，年輕異性再不肯看你一眼，於是你像川端康成那樣眼睛一閉，倒是解脫了，你再活下去豈不邋遢？

人們往往誤解了愛情，以為男女之愛終究是床上那一碼子事，那是禽獸行為，那裏是神仙行徑？那無邊青春的眼交眼、手牽手、心連心的無限甜蜜感，那纔真是男女之愛的無上花朵，一落入生殖的交合便不是了。是這無限的甜蜜感，令川端、約翰生、歌德至老不渝地渴念著。但愛情這條路上是成雙成對的，那甜蜜的愛是互動的，是你給我予，我給你予，可是老邁的川端、約翰生和歌德卻只能取而不能予，三人全都錯了，當然這是悲劇。

搭坐屏東客運車，聽著車上播放著某電臺選播的新流行歌曲，一個女聲唱著：

莎喲娜拉
即條路我送你佮茲
面對分開總是會心痛
你攏無回頭看
我望著你維影
忽然間我感覺孤單
莎喲娜拉
我叫著你維名
已經忍不住
強強每哭出聲
……

動人的旋律將有力的歌詞一句句打入我的心，喚醒了我生命中的浮士德。浮士德是十六世紀時的一個術士，將靈魂交給魔鬼來換回青春。浮士德象徵人類每一個人臨老時對青春的眷戀。播音員介紹這首歌曲，名叫「愛情這條路」。

在屏東下車後，特地走到唱片行去，年輕的女店員說「情字這條路」是有，「愛情這條路」則沒有。隔了個把月，搭朋友的車到屏東，回程又記了起來，在潮州時特地停在唱片行門口，這回是個男店員，我只能告訴他歌詞裏有「莎喲娜拉」一語，店員給了我男女對唱的新唱帶，在車上打開來聽，穿插的日語乃是「忘不了」，這卷唱帶我告訴朋友誰要就給誰。回家後我又搭客運車到潮州，下定決心，非要找到不罷休。又回到那男店員處，這回給了我白冰冰，我小心了，婉謝了他的推薦。對面便是三泰生活文化廣場，上了二樓有一角唱帶。問門市小姐，也給我白冰冰，白冰冰唱的是「阿娜達」。我感到絕望，瞥見了三、四個國中女生，她們這個年齡都是流行歌曲的專家，我趨前探問她們可知道歌詞有「莎喲娜拉」一語的新流行歌曲，沒料到這些小鄉鎮的小女生跟我一樣跟不上時代，她們一個也不知道。可是她們很熱心一個個伏在唱帶檯上仔細地幫我找。找了半天，竟似海底撈針。我絕望了，但那播音員分明說歌名叫「愛情這條路」，我不可能聽錯。我告訴她們試找找這個名字，不久居然找到了，我大喜過望，跟她們道謝了兩次。

「愛情這條路」，找得我好苦，原來是金佩姍唱的。

我也愛聽流行歌曲，全都是浮士德式的纔打動得我心。

唉，我也是浮士德，也是個川端、約翰生和歌德。我跟他們的不同處，是在於不會愛昏了頭，忘記自己是一個糟老頭。我心裏明白，我再也不能給予對方一絲半毫的甜蜜感和銷魂感，我早已被判出局，怎可能再行入場呢！哀哉！

——一九九四、三、二十～二十二

螢

卡靜女士著有一本書，名叫《沈寂的春天》。她憂心人類繼續用藥繼續破壞地球生態，終於有一天，春天裏會聽不到鳥鳴。沈寂的春天，在幾十年內大概還不會到來。但說是夏夜無螢，怕早已成事實。

夏夜，天上有星星，地上有流螢，這原本是天造地設的絕對。而今，星星仍在，流螢已不再。

果園中，只在六、七年前，一入夜晚，便有數百隻小精靈，提著藍光的小燈籠，在草尖上，在大片林木下，輕盈的，款款的，跳著優美的小燈籠舞，看得往往入神——是優美的夏夜。夏夜之所以優美，因為天上地上滿是螢，天上的星星一粒粒也是螢，只是它怕詩人的眼睛眩亂，不敢飛動罷了。或者你可以這麼說，是一部分星星，輕輕的，輕輕的，飛下地來了。但飛下地來的星星，不幸被農藥毒死了，不再能回到天上去。思想著這死在地上的星星，不免為之泫然，為之心碎。

早年舊屋未安紗門紗窗，蚊子固然可以直入無礙，而流螢也可以自在出入。一年裏有許多個夜晚，熄了燈便看見天花板上一點藍光流舞，帶你即刻進入黑甜鄉。可是你纔入了黑甜鄉，牠便又悄悄地從窗口提燈出去。屋裏不是有雌螢在，只為進來帶詩人入夢，牠盡了這份詩情詩心，便又回到那無邊清涼的隱謐林間，提著牠那小小的藍燈，在柔美的黑天鵝絨（微帶黛紫）的夜色中，劃著藍色的流光曲線，數百道流光曲線交織著，載浮載沉，出沒夜色中。

舊屋安了紗門紗窗，蚊子固然不能進入，流螢也不再能入內引詩人入夢，牠只能在窗外徘徊。

自從新屋起於林間，流螢一出了草尖，便來到新屋的窗前，新屋窗戶多隙，雖有紗窗紗門，提著藍燈的小精靈卻輕易進得來。詩人熄了燈，看見屋頂下流舞著一盞小藍燈，既喜又驚。詩人在日記裏寫著：「夜就寢熄燈，見一螢在室，為之悲憫，渠有死耳，安能復出哉！」於是詩人不敢再開室燈，只開桌燈，期免誘引。但流螢一出草尖，還是來到新屋窗前，而壁虎則守候在玻璃窗上，詩人於是急把桌燈熄了。桌燈畢竟不能不開，這新屋遂成了滅螢屋，即使一晚一螢，一年也有三百六十五螢，詩人因而後悔起了新屋。

六年前，一種大概是來自東南亞的惡藤侵入果園，一年間覆遍了果林的地，攀盡了每一棵林木，人工窮於懲治，只得動用殺草劑，連治三數年，惡藤未絕而雜草幾盡，於是地上的星星瀕絕。

古人云：腐草化為螢。腐草不繼，螢火安得不盡？其實螢火蟲的幼蟲以蝸牛與蛞蝓等軟體動物為食料。未噴藥前，軟體動物遍地是，噴藥後，小蝸牛與蛞蝓先盡，大蝸牛因肉價高，果園中子夜後常有拾蝸人侵入，額前照明燈，照徹新屋，每每驚醒夢中的詩人。如今大蝸牛亦盡，於是生路斷而螢火滅。

詩人只能仰望那天上的螢，再不敢盼望牠們下地來。

地上原比天上好
你們提著藍燈的小精靈
禁不住誘引
紛紛結伴下地來

你們甘心的是
疏林下的草原
那兒蚓笛悠揚
甘露的熟果
掛滿草萊
而今
蚓笛已杳
草已枯露已竭
地上再不比天上好
天上的小精靈啊
切莫再提燈下地來
願你們在天上
永遠平安健在
肯夜夜強項

企望你們的藍彩

——一九九四、四、二十六

新世界

很難想像一個沒有視覺、聽覺和觸覺的人生。如有之，則這樣的人生大概就是佛家所求的涅槃罷。這樣的人生，起碼對我來說，我覺得毫無意義，毫不值得。我所意謂的人生，是這三覺在未到煩字的限度下，時或蕩漾著快感，那纔是真值得，真有意義。即使泯除視、聽二覺，單是觸覺，也是有不能忍受的情況的，這不能忍受的下限，我們稱之為煩。下限以上，則或至令人憤怒，或竟至令人痛苦發狂，偶然受之，未必即危及生存，但長期則生命將難維持。而視、聽二覺，比起觸覺則更為敏感，不能忍受的下限雖比起觸覺未必更低，而頻率則遠為高出，這裏生命的安頓尤其困難。即使在某一時間中，這三覺當下全在涅槃狀態，有事縈心，人依然會處在不能忍受的下限以上。人有至於自殺者，也不是由於有噪音、強光、冷熱、尖硬的混雜猛烈襲擊，這全然是屬於心理境況。

如可能以此為專題出之，則視、聽、觸、心情四界全有喧囂情境。對於喧囂的耐力，則因人而異，這半出於先天的體質、半出於後天的習成。我有個朋友，愛在汽機車市聲中寫作，他在喧囂中，靈感方纔能汩汩而出。這正是所謂活動背景，人人活動背景不同，也很難一概而論。

單從聽覺來說，我們在散文中時常可看到「安靜得可怕」、「寧靜得出奇」的話，顯然作者患有懼靜症（一如有人患有懼高症）。對我來說，這很不可思議。我以為安靜到聽得見時間的腳步聲，那是何等的享福，是怎樣的一種祕境！零分貝的寧靜，是山泉般透徹的清涼！

舞臺上雷射光閃爍不停，令人目眩神暈。過分強烈快速閃爍的光，也是種喧囂。雜亂無章的混雜運動便是喧囂，初不限於有聲，喧囂是動的中心範疇。

現代機械文明建造在動的中心範疇裏。靜是這個範疇裏異層次的、遙遠的、模糊的夢。在這個動的中心範疇裏，現代人類自生至死，動而不稍息。假日原是安息日，竟成了喧囂日，家空空蕩蕩，人們全往外跑，出去人擠人。這些喧囂族，貼不得靜，一貼到靜，非死則瘋；瘋也是一種喧囂。

現代人類，生於喧囂，長於喧囂，以喧囂為性。正如現代食物、現代空氣、現代飲水，現代人類普遍以毒為性。但人類的生理結構，依然是安靜無毒時代的生理結構，於是現代人類，其生理結構在不堪的情況下，罹患無菌的一切可能有的自家中毒，因而百病叢生。這百病在心者尤過於在身者，自以往的常態而觀，現代人類的行為全已陷於瘋狂。

——一九九五、二、六

憶恩師　離中先生

恩師　離中先生牟宗三教授授我們班大一理則學時正是在治學的盛年，那年是民國四十一年，他纔四十四歲，三年後他的重要著作纔問世，《歷史哲學》四十四年出書，《認識心之批判》四十六年出書，此後陸續不斷，重要著作一部部出，退休後還潛心譯出康德的三大批判，實在為學術勤苦了一生。恩師在中國哲學著述上，是前無古人的，怕也是後無來者。在報上看到他捐館的消息，如青天霹靂，次日又見到郎靜山先生仙逝的報導，不由覺得四月是個惡月。全年中天氣，歷年來最令我不快的便是四月，在南臺灣，一到三月底，我就感到絕望，四月是梅雨來前，全年最乾最熱的月份，如今我對這四月，更加憎惡了。

古典邏輯原本就沒什麼可講，大一這一年恩師在我的心版上留下的影像，如今回想起來頗為模糊。這一年我心版上最清晰的影像無如　雪林師，她今年九十八了，設使離中師也能跟　雪林師一樣得臻百年高壽，那多好！

大三時，恩師授我班諸子課，大四授中國哲學（我的記性奇劣，可能記錯），這兩年恩師留在我心版上的影像可是出奇地清晰。恩師照例拇指、食指、中指合起來拈著兩支粉筆來上課，他人未到聲先到，照例在走廊上乾咳兩聲纔走進教室。敬禮後便開講了，同學們便孜孜做筆記，我一向不做筆記，我只管聚精會神聽，而且永遠將背靠在靠走廊的牆壁上側面地聽，恩師並不以為忤。還記得大一時差點兒死在恩師的邏輯課堂上。我是個道地的鄉巴佬，進大學前，沒到過大都市，當然也沒進過書店，可想而知沒買過書，更可想而知胸無點墨，貧乏之至。初到臺北，又不曉得搭公車，鄉下人只知有兩條腿，那知有車？下午沒有課便往衡陽街、重慶南路跑，從和平東路徒步而去，從重慶南路徒步而返。也不是為著買書，那來多閒錢？主要是去摸書，乾過癮。前一天下著雨，我一路撐著傘而去，又撐著傘而返。第二天上恩師的課，忽右背胛骨下痛得緊，不能動，連呼吸都不行，我的額頭直冒汗，不呼吸是會死人的，總得忍痛做淺呼吸。同學們都在做筆記（那時恩師由《邏輯典範》改寫的《理則學》尚未出版），我靜靜地坐著跟死神搏鬪，恩師仍在講課，不知他是否覺察到？記得他看了我幾眼，沒什麼表示，也許他心裏說著：「這小子撐得過！」大約十分鐘後總算撐了過去。

恩師講課如天馬行空，他一開講，你不知道他是從那搭講起的，只覺得他的話在天邊溜，而後儘在天空中打轉，永遠不肯落下地來，直到下課鐘響，恩師兩句結語，兩腳落地，如畫龍點睛，一時全然明白，原來他是講了本節課啦！真是奇妙！不知道同學們是否覺察到了恩師這個天馬行空式的講課藝術，我是滿心讚歎不既的。有時臺大哲學系、歷史系乃至外文系的學生也會來旁聽，擠得走廊水洩不通。恩師可以說是師大的一塊大招牌。

在課堂上，學生們發問的機會不多，他在天空中盤旋不肯下地來，你可能發問嗎？大率都是下課後纔發問的。我只在畢業前，在通往男生宿舍的側門問過一個問題，卻是挨了厲聲叱責。我質疑陸王之學。恩師叫我回去再好好兒讀十年書。不過他叱責過後，還是和藹地告訴我：「你到中學裏去教書，千萬不能超過三年，否則你便廢了。」我謹記著恩師的叮嚀，一再不三年，有時還不到一年便辭職，可是並不是有福脫離這令人廢功的中學，二十年間我換了十一所學校，直到四十九歲這一年纔毅然決然扔下了讓我的右手指頭全白了的粉筆。

我對胡適本來就沒有好感，他的思想停在常識層面上，更高一層的，或更精緻的問題，他便翻不上去，便不能入，他一生的學問，歸結在一部《紅樓夢考證》上，竟沒能力向西洋哲學界宣講中國哲學的博大精深。故恩師說：「胡適沒出息！」我認為是持平之論。

在側門一問之後，我以寫一部中國哲學史為請。那時既有的中國哲學史，較完備的也只有馮友蘭的那一部，但馮氏最高一層還是未翻上去。恩師似對佛學的研究尚未完，回說還做不了這工作。不過據後來恩師的全書目看，包括《佛性與般若》，他一生的著作，正就是一部中國哲學大全史。

那時每週末，恩師有人文講座，是由吳自甦先生等人辦的，聽講者擁擠。我平生厭惡「競」字，沒去聽講。據聽講的同學說，有一人起立問：「有沒有科學的《學》《庸》？」恩師應聲怒叱：「胡說！」恩師視科學二字如仇，他講起科學兩字時總是咬牙切齒的，有機事者必有機心，這東西要不得！我想此子不是不相知，便是無知，否則便是惡意。某人便著有一部《科學的學庸》，無人批得了這逆鱗。於是師大不再發聘書，好在那邊剛有東海大學，於是我們畢業了，恩師的講席也南移了，東海的學子有福了，而師大的學子福盡了。恩師在東海頗有年所，後來又不知何因移席香江，徒然沒教出一個學生來（據西西女士文）。

自後我步出校門，浪跡江湖，顛沛流離，居止幾無定所。而恩師逐步完成了他的著述計劃。每在書店看見恩師的新著，便為之一興奮。

民國六十五年秋，不見恩師整整二十年，我把我新出的《論語新注》連同早先出的《莊子新傳》（莊周即楊朱定論）寄到香港，請恩師過目。恩師看過《莊子新傳》，信上說：「此書很有意思，可以解決許多問題。」我很高興，恩師是看出這篇論文的大關鍵來了。關於《論語新注》，有兩處恩師未贊同：一是〈學而〉章，我點出學問的超越性，恩師未會得我的用意，我得信後，不得不補寫了附論貼在該章之後，以備將來再版時補入（《論語新注》已於本年四月由臺北三民書局再版出書，附論已補入）；另一處是我批評曾子是形式主義，恩師舉葉水心為說，我則對葉水心大有好感。我本性狂，看不得曾子的既魯又狷。讀者如欲一探究竟，可看《論語新注》。但恩師到底還是謬許了我幾句話，信上說：「錢賓四先生《論語新解》或不必能及。」此後恩師往復又給了我幾封信。

民國六十七年，我得知恩師在臺北，便專程去看他。回來很後悔，他老人家訪客不斷，門人問業者川流不息，我不該去多耗他的時間與精神。恩師和藹地接見了我，一再勸我到大學裏去教書，說我的同學在大學裏已有據要路者，何不去找找他們，闢一席位。恩師說，在大學裏教書纔能入流，纔有學生接你之學，否則不入流，終究會被湮滅。總是違性良多，我仍留在江湖打轉。我平生有把書送給合用者的習慣。有一年，我跟我們班班頭劉正浩教授通信，一時興來，把楊樹達的《周易古義》寄贈給他。碰巧，我有一個學弟張培爔，早不去晚不去，正在這當口，去找我們班頭求他給我找一席位。我獲知這事後，羞赧得無地自容。即便是大學裏果真發聘書來，我也不會接。我和南宋陳亮或許有血統關係，我自知甚明，去不得也。

自後時聽說恩師在臺北，時又聽說在香港。一忽又近二十年，正喜恩師壽比南山，焉知泰山其頹？早已達觀生死，再效兒女態，豈不反為恩師累《莊子・養生主》譏老聃遁天倍情）？〈養生主〉云：「適來夫子時也，適去夫子順也。古者謂是帝之縣解。指窮於為薪，火傳也，不知其盡也。」恩師之學的薪傳，將是無窮無盡的。

——一九九五、五、四

草

人類除外，在一切生物中，和我緣最深的，無如草，我一天沒見到草，心裏便會難過。肉眼所見的世界，草木是地球上最大宗的生物，而草的數量遠比樹木為多，且因體積小，又隨處而生，可以說有動物處便有草，或反過來可以說，沒有草之處也沒有動物，沒有人類。可見得人類的生存，跟草結著不解緣。因此，見不到草心裏會難過，乃是人類或動物的一種本能。但是都市人長年沒見到草，卻能泰然自若，嚴格說，這怕是人類的本能起了病變。那些科幻影片，一輩子生活在金屬體太空艙中的人類，如有那樣的人類，其本能的病變怕已至不可救藥的地步了，那樣的人類，人性大概已全盤扭曲了。我要特別指出的是這個可名為異人類的生物在性情與美感方面，必然很有些改變。目前的都市人類，乃是這種人類的前身，百步與五十步之差而已。

面對著草，我心裏便感到一派的喜悅。草是動物生命的源泉，它供給糧供給氧氣，如何不對之而喜漫心頭！何況它又是綠意盎然，體態柔曼，嫻麗照人！

草的生命力既強韌而又軟弱，看著它強韌的一面，至為之鼓舞；看著它軟弱的一面，至為之掬淚。

在適宜條件下，草的繁殖力普遍強盛，能夠昌盛到今日的物種，必非弱種。其實造物從來就沒造過弱種，進化論倡說物競天擇、自然淘汰，這種說法是多餘的，造物並不曾浪費過創造力，即便創造是純出自機率，也只有強種纔可能出現，只看到生物普遍都如有設計般的美，便可做為強有力的明證。草強烈的提示著這份事實。

一般動物雖仰賴草，草則任天而生，而人類對草並非純任由自然，因而有除草種草的工事。人類去除不是十分切要的草而播種十分切要的草，所謂樹藝五穀花卉是。其實這是由於草量豐富，人類部分的取捨，不妨害其依賴，不然設使草量不豐，任一取捨都可以造成失調。人類樹藝五穀，除草如除惡之務盡，自新石器時代以至於今日不下萬年，田裏的草除盡也未？當然是猶未，草依然猖獗，不曾絕滅。人類的立意清除全不奏效，說是自然淘汰，是不可能的事。

草在生物界算得是優秀品種，比樹木比一般動物，甚至比人類都優秀。一般生物的基因差不多都是定死的，草基因大有伸縮性。一株在好條件下可生長到達兩尺高的草，在惡劣條件下，可能只長到四寸高；在好條件下要兩個月時間纔能開花，遇到惡劣條件，可能縮短到半個月便開花。人類七尺之軀，遇惡劣環境不可能只生長到一尺半；十四、五歲男女道通，遇惡劣環境也不可能提早到四、五歲的幼年。草在基因上表現著奇特的、優異的設計。相對於草，人類可以說完全拜草之賜，纔得以不絕滅。草扮演著強韌的生命基底，使動物界成為可能，成為現實。

一部分草籽，在絕對惡劣環境中，經過一季的時間便全部鮑掉了，但天然界對這一部分草籽而言，不可能有絕對惡劣環境，大自然無需浪費。所謂絕對惡劣環境，比如人類的收藏穀類，絕對的沾不到水分、陽光甚至空氣。但也有部分草籽，歷萬年仍可萌芽，這些草籽由於天災被覆在好幾尺深的土壤下。這是大自然給草籽做的兩套極端的設計。人類直到最近纔有可能將精子和卵子冷藏保存，任意攜帶，但保存時間，尚未明確。草籽在這一方面，其優異設計，實在至足驚奇。

草會來去。藉著風吹、水流，動物的走動遷徙，甚至地表的翻攪，一地所不見的草，會忽然出現。這些忽然出現的草，農人起初會忽而未見，等到它們展現強盛的繁殖力時，便引起一場人草戰爭。如上所述，即使這場戰爭持續一萬年，農人仍不克得勝。

空運通航以來，草甚至飛越大洋，傳播五大洲。過去候鳥遷徙，所能攜帶的草籽有自然條件的限制，無法飛越天塹。如今美洲的草，輕易便在臺灣歸化，甚至得其所哉，凌礫本地草。今日草地上所見的草，怕有三分之一以上是外來種。

平生第一次驚覺新草是在二十多年前，大概是冬末春初的早晨，我在我的田地西畔下發現了一小簇的小草，晨霧如縠，美極了，一種本能的警覺，我伸手想給拔除，纔只有半尺見方，終究美感壓過了本能的警覺，我站在那兒讚美它們。一年後，我開始了禦草戰爭。書本上它的名字叫菁芳草，我不知道它是不是外來種，但在這之前迄未見於本地。它的種子帶著強性黏液，貓狗雞鴨鳥鼠以及人腳，全是它的傳播工具，一年的時間它傳遍此地的任一角落。我腦子裏有個程式，簡單的說，就說是老天輸入的罷，我見到強權如見到世仇，非剷除不快（除非我力有不逮），繁殖力過強的草，會啟動我腦中這份程式。這一場戰爭整整持續了二十年，若非適逢農藥時代的到來，全數農人的通力合作，戰勝者終究會是它，目前它在外面已被殲滅，只在我的東田畔外，鄰人的小菜圃中算是它的最後根據地，時時還會竄入。末後幾年，連小女兒也加入了乃父的作戰行伍——我一向是手拔，不用殺草劑。

草的來去至為明顯，大約五年至十年可算一世，而盛世往往只有二、三年。至今我多麼懷念那馬唐草海！一九八七年這一年，我的果園是馬唐草全盛的一年。馬唐是禾本科的草，高過膝，色淺而莖葉柔，若馬唐得分一百分的話，禾稻只能得到三十分。可以想見它的悅人眼目到達怎樣的境地。然而滿招損，一個村人居然將他一頭牛哥放牧進來。我眼看著那頭牛哥蹧蹋我的美的王國，卻一句話也不能說。牛吃草是天經地義，這是農村一條不具文的律法，任何人必須接受，除非自己有牛有羊，否則任何人皆可放牧在你的草地上。經過牛嘴的一啃，連草籽都全數入肚，馬唐草海自此消失。它全盛時晝光下的美不用說，一入夜晚，草海上不停的流動著螢火，約略數計，每一分地（二九三點四坪）大約有兩三百隻，煞是奇觀。馬唐草海消失後，螢火也跟著消失。翌年，代之而起的是藤本植物。包括：雞屎藤、毛西番蓮、栓皮西番蓮、乳白花牽牛、山苦瓜，以及最可怕的外來新種惡藤。前數種惟雞屎藤逐節放根較難治之外（但亦不至作惡），其餘四種全都易制，只有新來的惡藤（也正是這一年初始侵入），最為兇惡。我徒手跟惡藤奮戰了兩年，果園版圖全部淪陷。這惡藤覆滿地面，攀登果樹，攀樹者一割可除，覆地者一節一本，一株百本，人手難敵，雜草盡行沒死。惡藤每年十一月下旬起陸續開花，一株惡藤開出億萬朵淺綠白色的碎花，一花結籽不知凡幾，細微如蘭，肉眼叵辨，一腳所印，或至數千，足跡所至，沿途散播。我到過三處山腳，第二年再到，已成群落，率友朋通力清除，汗流浹背，未克竟功。第三年再到，淺山盡沒，樹木覆死其中。果園不得已動用殺藤劑，連殺兩年，已全面清除，但餘孽仍時時復出。目前平原上惡藤業已沿鐵路散播，自鳳山以南（高雄以北我罕到），鐵道兩旁，怵目驚心，甚者侵入街市，廢樓隙地，盡行爬滿，而鄉村道路，所在皆是。其繁殖力之強大，預計三十年內足以覆死臺灣五大山脈，到時候臺灣將成廢島，旱季將至滴水難求。若及今以殺藤劑，持之以恆，全面予以撲殺，五年內或可殲滅，所費不過數億元。如養癰遺患，不加剷除，任其蔓延，將無復可制之日。

最令我惦念的，無過小畫眉草。一九八四年，庭尾忽出現一種小型草，屬禾本科，美極了，查對許建昌教授手繪的《臺灣常見植物圖鑑》第七卷《臺灣的禾草》，方知叫小畫眉草。極可能早年已見過，是本地常見的植物，一向忽視，但不論如何，它出現在庭尾，對我而言，卻是新知。自從發現它之後，我常常蹲在庭尾看它，心裏很覺得快樂。但它只出現了兩年，第三年便不知何往了。大概是不堪家母的整年拔除，絕滅了，此後一直未見，無盡的思念！

酢醬草（酢和醋是同一字），是尋常可見的草，又名幸運草，開小黃花，蒴果成熟後，會迸裂彈出小種子來，蹲下去看它，往往被彈在臉上，是很美麗的草，除了農人，無不喜歡它。但紫花酢醬草（外來種）卻就罕見。一九八一年，賃居澄清湖邊，牆下見有一小叢，是平生首見。翌年遷回故居時，拔了一株回來種，未種活。這一類草喜濕，尤其喜陰，不喜陽光直射。一九八九年元月十五日向晚，忽在果園中暗陰下看見一叢，見它舉著二十來朵的粉紅小花，驚奇驚喜得真是無法形容，真是喜出望外，我和小女兒許久嘴都合不攏，我們蹲著看它，直到黃昏到來。第二天起，天天去給它澆水。這是平生首回的大驚喜。像檢閱影帶，事後我把腦子裏的影像帶整卷檢查過，確是平生第一大驚喜。真是說與旁人渾不解，一生最大驚喜怎可能是一株草？但這是事實。我這一生中，驚喜的全在自然界，在人事界裏一次也沒有。鄉下人，家人、鄰居、戚友相處往來全是平平實實，像西洋人所謂驚喜的人事是絕對不會有的。少時考上母校高中部居然居榜首，也沒一絲驚喜，考上大學也是古井不生瀾，後來得時報散文推薦獎、吳三連文藝獎，也全無喜氣，也許這是鄉下人性格，要不是愛草愛自然愛到了癡的地步，我這鄉巴佬怕無驚無喜過這一生了。黃昏引退時，拔了一株，移栽在花圃裏，在玫瑰叢下，不知幾時卻出了株烏毛蕨，正好為它遮蔭，居然活了，且繁殖得很成功。如今它的種子隨雨潦到處播遷，許建昌教授書中說歸化臺灣後未見傳播種子，這回可放大膽加以修正了。紫花酢醬草一入夏季便枯死，到十月復活，倒可名副其實另給它夏枯草的別名。它跟火球花，真可說是參商不相見。火球花入夏復活，十月枯死。

坐在家裏，看著草來來去去，大有滄海桑田之感。草的來去一直不曾停止過，偶一驚覺，過去幾年常見的草不見了，或過去不曾見的草忽然出現了，實在不勝記錄。最近熱切懷念起田蓼、紅辣蓼、水丁香、丁香蓼。有不少草已有幾年不見，月初，在果園西南角，驚喜的發現了一大群落，它們又回來了。

見著各種草爭榮，頗為驚訝，每一種的生機都是壓制不了的強盛。但矮草在高草下則因搶不到陽光，頗受限制，如小畫眉草、線葉飄忽草，是至美的草，卻因個子低，大有絕種之虞，但這是多慮，不然它們怎能活到如今。水蔥也是矮草，不超過二十公分，可是它攻城略地，戰無不勝。我懷疑它會噴殺草劑，它所到之處，別的草絕跡，高草也盡除。有不少的植物，會噴殺草劑，已被證實，水蔥之會噴殺草劑是很明顯的，它跟灌木類的銀合歡可稱得是此中雙雄。我腦中除強權的程式早被啟動，卻就奈何不了它。真讓它橫行下去，眾草盡滅，倒可成就一片平整的矮草地，庭院整草，再用不到剪草機，看來很值得推廣。它盛舉小白圓球花時，是最美的時候，但花謝時青葉也跟著衰萎，這是美觀家（相對於美食家）難以接受的。

草地上單一種的草，「純林」式的禾本科草，當然很美，尤其馬唐，但雜草插生其中，也有逸趣，如蠅翼草、決明、金午時花、黃野百合，雜在馬唐中很不搭調，但令你另眼看待；還是純林美。

菊科草中，紫花藿香薊的純林是最美的，在臺灣野草中無出其右，很值得人工散播繁殖於大片的山野。同是菊科的兔兒菜，又名小金英，因個子小，很難造成純林的大群落，否則它耀眼的金黃，賽過人工花圃。

草的美，富於詩，一片純林的草群落，美過任一部詩選任一部詩集。一部《全唐詩》，抵不過十頃草原，半座草山。

——一九九五、八、十四寫成

愛護語文

法國人每兩年便整頓一次新生語文或外來語文，連帶的也整頓舊語文。法國人熱愛自己的語文，以法語文為傲。漢語文是世界優秀的語文，我們當然以我們的語文為傲，且加以熱愛。東漢許慎著《說文解字》，是整頓漢語文的嚆矢。北朝顏之推的《顏氏家訓・書證篇》是單篇討論，唐朝顏師古的《匡謬正俗》是專書糾正。自後歷代筆記常有檢討。孔子早在二千四百多年前便呼籲正名，荀子因此有〈正名篇〉。

純屬學術性的語文問題，當作另一番討論，本文只想就目前的出版物和廣播媒體的發音用字做一些糾正。我國語文之混亂與積非成是，七千年來（我國文字至少有七千年歷史）未有甚於十年來的臺灣者，情況之可怕與危急，教育部、國立編譯館及各大學中文系，實應立即起而大加整頓。

教科書原是國民認字識音，使用正確語文的範本，但我們的教科書自小學的國語課本便有誤。試舉一例：「知識」一詞，一般含義是指人類腦中所存的概念與命題，這一個含義的「知識」要唸「智識」，而國小國語課本卻唸了四十年的「之識」。按「知識」唸「之識」，其含義是指所認識的人。這一詞只見於古書，是古書常見的詞眼，口語是沒有的。

中醫有「真珠」、「琥珀」、「麝香」、「熊膽」，是名貴的藥材。珠寶商販賣的珠寶，「真珠」佔了一個要項。中醫界、珠寶商都不會寫錯，他們都寫做「真珠」。按「真」是天然的意思，「真珠」就是天然珠。可是文藝界呢？卻全寫做「珍珠」。按「珍珠」是珍貴的真珠的意思。《漁洋說部精華》卷十二「蚌珠」條下云：「珠重七分為珍珠，八分為寶珠。」不是所有的真珠都可以稱做「珍珠」的。日本偷襲「珍珠港」，這樣的寫法根本是笑話。但「真珠」誤寫做「珍珠」由來已久，明人的小說筆記便已常見。緣北音「真」、「珍」同音ㄓㄣ，不能分辨，但南音則截然不同，以臺音為例，「真」唸ㄐㄧㄣ，「珍」唸ㄉㄧㄣ，小孩童都不會弄錯。文藝界原是文字的導師，反不如中醫界和珠寶商，實在有愧天職。

我們的現文藝界和學術界，說實在的，文字根柢頗欠紮實。可以想見報章雜誌和新書，情況之混亂與積非成是，已頗嚴重。

「定婚」，按經典叫「文定」，《詩經・大雅・大明》：「文定厥祥。」如今「定婚」卻寫做「訂婚」，頗為嚇人。「定金」，因之也一例寫做「訂金」，全是不通的詞眼。按「訂」是法律字眼，是逐條逐項由雙方討價還價權衡一切利害，推求至雙方都同意而成合議的意思。議婚到了這種地步，豈不成了買賣？又按北音「定」、「訂」同音ㄉㄧㄥˋ，台音則「定」為下去聲，「訂」為上去聲，字調不同，故在臺語中「定婚」、「定金」無法寫成「訂婚」、「訂金」。

作者們下筆，用字遣詞，還是要循規蹈矩，一仍舊貫，千萬勿為淺人所引。目今之勢，反而是識字淺的人在引導識字深的人，這甚為反常。淺人無知，可以誤用，作家學者怎可中心無主？

顧炎武有言：「讀書不多，輕言著作，必誤後學。」但出版自由，發表文章、出書都容易，濫竽充數之勢，自難遏止。這是良心問題，誤己誤人，總關世道。多讀幾年書，沈潛一些時日，再行出道，應不至於延誤前程。青果終須等待黃熟，纔不至澀人口齒。

作者們肯負責了，出版物、報章、雜誌纔能避免混亂與積非成是。但今日即使作者字斟句酌，推敲再四，出了書，發表了文章，卻難免會走樣。出版社的校對員、報章雜誌的編輯人員，未必是學富五車，一旦師心自用，擅加竄改，作者們又安能文責自負？以筆者的親身經驗，三民書局編輯部人員雖率多初出校門的新秀，但他（她）們有一個原則，尊重作者，有疑問，另用鉛筆商量，未敢擅改，這可做為一個榜樣。我的《田園之秋》，去年由草根再版，被初校者改了一千多字，早知即使再用心多校幾回（我校了五回），仍會是個爛本子，果然不出所料；原想廢版重排，不好啟齒。

日本出版物的校對者全是學者，這一點值得我們借鏡。前清以前的雕版，校對者也全是學者，日本是承襲這一優良傳統，我中華反而斷絕了。

〈聯副〉之尊重作者，已出了名。像前些日子，筆者發表〈憶恩師〉一文，原稿抄漏了好幾個字，又將「問業」誤抄成「執業」，全都照原稿刊出，很覺得對不起〈聯副〉和〈聯副〉的讀者。心情不好，抄好便寄了出去，未再檢讀，誤導讀者，確實有罪。

出版社、報章、雜誌編輯部，至少得擺一部中華書局的《辭海》在案頭，有疑問，可隨手查對，切忌擅改，供稿者多的是老師宿儒，幾乎是動不得的。

只讀過唐李白〈月下獨酌〉「我歌月徘徊，我舞影凌亂」，看到「零亂」二字便擅改做「淩亂」，那麼宋姜白石〈長亭怨慢〉「暮帆零亂向何許」，明高啟〈悲歌〉「零亂四野」，是不是也要改？草根版《田園之秋》六十頁，如今便留著一個「淩亂」未改回來。「淩亂」、「零亂」兩詞含義是不同的。

現在電視無遠弗屆，電視新聞收視尤為普遍，電視記者在語文教育上地位之崇高，遠非大學中文系教授之可比擬。可是聽見臺視記者陳秀鳳小姐「高承載」三字一再唸成「高承宰」，實在令人心痛，這三字出現的頻率太高，已嚴重誤導了全國觀眾。「千載難逢」，「載」唸「宰」是對的，但「載重」、「高承載」、「下載」則要唸做「再重」、「高承再」、「下再」，小學生都不會唸錯（可試試），反而是大人會唸錯，真不可思議。又「傾向」、「傾斜」，唸成「請向」「請斜」，真不知該如何責備纔好？「傾」只有「輕」一個讀音，怎會唸成「頃」？再是「偽善」、「虛偽」，唸成「偉善」、「虛偉」，「偽」除了《荀子》書唸「圍」，當做「為」用外，只有一個「衛」的讀者，真是「於予與何誅」！

前日，聽見行政院新聞局長胡志強先生「偏頗」唸做「偏叵」，覺得事態嚴重，新聞局是不許唸錯字音的，其影響力與電視等。教育部實應責令各級官員及電廣記者，多重視字音。將來這一類人員考試，凡字音未達滿分者，應不錄取。

目前臺語文甚為風行，寫作者實繁有徒，但全是在謀殺臺語文。最近國立編譯館已委請臺大楊教授全權負責編撰臺語教材，楊教授聲明要全用正字，這是要通讀我國全部古典籍的一件大工程，非常辛苦。

現時有個流行詞眼「抓狂」，是來自臺語，原是「俄狂」（俄唸 giâ），訛為「掠狂」（掠唸 liàh），「掠」字罕見，寫作者用「抓」替代，便成了「抓狂」。但是用了正字，恐被排拒，不用正字，則又與古典切斷，殊為可惜，這是一個問題。

——一九九五、八、十六～十七

蝗

漢語原是單音節語，近世幾全盤發展成雙音節語，如蝗是單音節古語，近世北方人則加了一個蟲字說成蝗蟲，或統稱蚱蜢，臺語則說成草蜢，以別於住在土穴中的土蜢。

蝗災一直是人類的恐怖大災難，廿四史記載天然大災難，水災、旱災、風災、地震、瘟疫而外，便是蝗災。已記不得是幾年前的事，有一年菲律賓海洋上一陣颱風過後，海岸推積著一公尺高，綿亙一公里的蝗屍，少算也有一億隻。史書的記錄文字總是這樣寫著：「蝗災，赤地千里。」上億隻的蝗群落處，作物、青草，吃得淨光，無有孑遺。

臺灣當然有蝗蟲，而且有一種臺灣大蝗，算得是特大號品種。一般大蝗首尾約六公分長，臺灣大蝗則在八、九公分之間。但是《臺灣通史．虞衡志》蟲類表上蝗蟲卻連列名的資格也沒得有，這應歸於作者四體不勤的疏忽。不過由此也可知臺灣自大蝗以下，稻蝗、蚱蜢、負蝗乃至紡織娘一類蟲害一向未成大災，故史家乃得以不聞不問。但是《臺灣府志》、《臺灣縣志》、《鳳山縣志》一類臺灣史書上有無蝗災的記錄，或日本統治臺灣期間有無記錄，也懶得去翻檢。反正本文並非討論蝗屬、蝗災的專文，本文只想記述如今已成稀物的一隻臺灣大蝗，上來這幾小段文字，只不過是牠的一個引言罷了。

隱退故里二十多年來，前後總共見到三隻臺灣大蝗：前兩隻，〈小女兒的蟲鳥朋友〉一文中有記錄；後一隻，出現在年前。早年臺灣大蝗任何時皆可見到，農人草蜢、土蜢一樣油炸來吃，人人都吃過，數量雖不算豐富，也不匱乏。但是這二十多年來，纔只三見，其瀕於絕滅，已然可知。故上一次，也就是八、九年前一見，頗為珍重，祈禱牠們還能緜延不絕。但田園環境業已大變，蝗屬賴以生存的禾本科草，遭殺草劑殺滅最為慘重，目前各處田中田畔，這類禾本科草幾已至普遍寸草不生的地步，即使全無天敵，單是乏食，蝗屬生存的機會已甚為渺茫。我的果園一向任禾本科的草怒生，但因這幾年來決心清除藤本植物，只得動用這些毒液。又深秋以後的旱季，果園中的草也會自然枯死，住屋毗連果園，一旦有火警，後果不堪設想。近年放火之風甚盛，為阻止來果園中打鳥，不免得罪人，時勢所趨，從今年起，打算除盡一切草，以防萬一。先是螢火蟲，去秋只見到兩隻，今年是絕滅定了，沒想到還能見到這隻大蝗，這令我心發痛，本以為早已絕滅了的。

十二月三十日早晨，氣溫只有十度，是入冬以來最冷的一天。午前約十一點，舊屋通往新屋樹蘭下小徑上忽見到一隻大蝗，趕緊拈起，心情宛似從池塘裏救出溺水的小孩一般地忐忑，何則？我那隻 New-tail 伯勞好友無時不在，真是好險！要是牠早我一步，這隻大蝗難免遭牠攫去撕食，真是好險！拈起來，我的心跳頓時加速。如獲至寶般，我把牠帶進屋裏。

我日日在果園中行走，自一九八八年以來，八、九年間一直未再見，今兒忽又見到，不知平時牠們是怎樣藏身？怎樣繁殖的？而每次所見皆雄，雌的究在何處？

一整下午牠絕不肯進食，小女兒直認為老父不是，應放牠回草叢中去。禾本科的馬唐草全已枯死，牠何處可容身？上有伯勞，下有螻蟻，中無青草，而且整天沍寒（雖無冰霜，寒氣是凝冷的），放牠出去，豈不是棄牠於死地？但是小女兒逼得緊，老父只得裝模作樣放了。園中只有前年新栽的紅檜苗塢（只一公尺見方）有馬唐青葉，不幸的是這株紅檜新苗，上一回寒流中被凍死了（？），此時正在乾枯中，不足以庇護這隻大蝗，它底下又是十幾窩蟻穴（或許是死於蟻害）。瞞了小女兒一陣子，又將牠拈起，放在懷裏，讓牠攀著前襟，在夾克覆露下保暖。自向晚至晚間，牠一直乖乖的攀在我的懷裏。我自舊屋走回新屋，又自新屋走回舊屋，往復來回走了幾趟，幸喜小女兒都未發覺。回新屋就寢前，將牠放在盛香皂的透明塑膠盒裏，通風無慮，門窗幾於全關閉，寒氣不入。

第二天，邀鄰村鍾進瑞君來為牠照像。這一天牠進食了，上下午各吃了兩片馬唐葉。小女兒安心了，不怪老爸了。

晨間，朝陽斜入舊屋，照得書桌面暖煦煦，讓牠在桌面上曝了約一小時的日光，直到日光退出。既已進食，存活有望，我們父女這纔有心思想到牠是否已盡了繁殖的責任，若牠已盡過，留牠在屋裏安享晚年，那是件適當的處置，否則，絕滅的憂慮終是襲繞著我們父女的心頭。牠到底完成了這份天職了嗎？我們一直存疑，因之也一直頗感為難而懸慮莫解。啊，只要這物種能夠不絕如縷地延續下去，便大喜過望了，怎敢有更大的期望？我們躭心的，是此物的絕種。在過去的時代，人類為了自己的生存，多半是超過了生存的份限，為了自己無制限的利益，希望一切妨害人類利益的物種全數絕滅。今日人類正承受著，當其他物種絕滅時，人類也將跟著絕滅的災難，人類中的先覺者業已覺醒，先覺覺後覺，先知覺後知，愛物之心油然復甦。但人類的覺醒是一回事，事已太遲而且淪滅之勢正不可夭遏地在往前推。我手裏有三千坪地，我原可以供螢火蟲、供紡織娘、供臺灣大蝗或原是到處是的負蝗與蚱蜢生息以至於無窮，可是我如今也成了淪滅之勢的劊子手，正擬絕滅這些生類。大蝗面臨絕滅而不知憂慮，我，做為有知有識的人類，我，看到了全面淪滅的前景，我正憂心忡忡，但我只是大趨勢洪流上漂著的一片落葉，我連自己都把持不住，自己的苗裔都無能設想，遑論其他！一隻大蝗，在心內激起了我這天大的艱難——絕望。

小女兒像寵物一般愛牠，老父何嘗不是？小女兒一起床，原本第一件事是拿老父早餐特地留下的一片饅頭去餵她的最愛——一隻名叫阿里亞的麻雀，先前那隻名叫 Mijbil 的小麻雀死了——啊，我們多麼愛牠懷念牠！如今小女兒只得急急忙忙先跑出去摘馬唐葉來餵這隻大蝗——牠的名字，叫什麼來著，老父老是記不住，小女兒命牠洋名字，確是不好記，待會兒再問問她罷！

元旦，大蝗上下午各吃一次。

初二，上午吃一次，下午不肯吃，小女兒著急了，直覺到牠或許渴了。果然是渴了，給水時牠低下頭來貪婪地吸吮著，可知牠們在野地裏時必定飲露水。也許天天在桌面上曝日，消耗了大量水分罷？或曬傷了罷？

初三，只讓牠略曬一會兒。上午吃過一次，下午又不肯吃了。

初四，上下午各吃一次。

初五，黃昏前吃一次。

初六，下午吃一次。

初七，向晚只吃一葉。

大蝗餵食愈來愈困難，將馬唐葉插入牠的齒縫，牠不肯吃時，只禮貌地動一動齒，不肯嚼；實在餵得煩時，會用前腳推掉。牠高興吃時，兩隻前腳會伸上來合抱起葉片，待先前剪斷的一小截嚼嘸後，再向後自動推入齒縫間。牠吃時，我們父女都高興。牠不肯吃時，我們父女心內便暗淡下來，憂愁便直線上升。好在牠每天至少還吃一葉，我們父女纔未至絕望。為一隻昆蟲操心？旁人見了或許會認為無稽。其實只要心裏抱著狹隘的價值觀，別人做的事，有幾件不是無稽？人生，人死；狗生，狗死；蟲生，蟲死。我們很難找出可軒輊的權秤。人權，近世大大講人權，我們便不知道人權建立在什麼根據上？難道就沒有物權嗎？在一個審美家看來，一個齷齪的人，存在價值還遠不及一塊頑石呢！你焉知在老天的心眼裏，是誰的份量重？

每天早起，我就怕見到大蝗死了。幸而牠一直還活著。牠不肯進食時，我們父女總是百般焦急，好生餵牠、哄牠。看牠頭略低些，我們的憂愁便翹起些；牠的頭擡高些，我們的憂愁便下降些或消失了。牠宛如成了我們的家人親人。你說我們無事做，心思全集在牠身上嗎？不是的，我們父女各人有各人的事忙著。小女兒自晨間起，飼過雞狗，便得跟老父對英文課、讀法文課、讀《論語》，而後聽法語音帶，打電腦，練鋼琴，彈電吉他，抄中文書、英文書，前天她纔抄完 Will Durant 的 *The Story of Philosophy* 全書，向晚還要飼一頓雞狗，功課每日都做到夜間十點半，要催纔肯上床。老父呢？這乾旱季節，庭中庭邊的花草，果園畔的檳榔樹，各種樹苗，澆不完的水，小澆一小時，大澆自午後直到黃昏不曾坐下來；也有洗不完的衣服被單，還要溫習古典，讀讀新書，更重要的是非得拿起筆為餬口寫點兒什麼不可。忙！忙！對老父來說，開門七件事，雖已年逾耳順，仍深深覺得，為衣食折損我多少才華，天乎悲哉！天乎悲哉！

初八日，也就是今日，晨間小女兒餵牠一回，不吃。冬陽斜入，牠在書桌上曝了一會兒薄日，今日日薄，我又餵牠一回，也不吃。牠昨日向晚只吃一葉。我絕望地攤開了紙，只好寫我的文，做我的活，寫牠正寫到「幸喜小女兒未發覺」，待要續下去，偶一擡頭，牠可是正在嚼原先放在牠前腳間的馬唐葉呢，已嚼了半段。趕緊丟下筆，奔到枯紅檜苗塢，手裏雖拿著一枝樟樹枯枝開路，奔得太快，還是網了一臉的蛛網，網個正著。奔回來那另半段正嚼剩一口。只要間斷了，牠就不肯再吃了，不由得我不奔跑。一直不敢浪費青葉，自初二起，一日總要浪費掉四片青葉，一摘下來，不消一小時便萎蔫不宜牠吃了，而苗塢裏的馬唐極有限，非得撙節不可，故早上小女兒只得只採一葉試試，牠肯吃，便奔出去再採第二葉。

這幾天小女兒總是將牠放在書桌上，不用大盒子小盒子。牠在香皂透明盒裏睡了兩晚之後，小女兒嫌窄，老父找了個潘婷 Pro-V 的透明大盒子讓牠過夜，白日裏便讓牠自由無拘的在書桌上發呆或沈思。昨日黃昏前，牠忽不見了，是首次不乖跳落地面。生怕一不留意給踩著了，今日人不在時，只好將牠放回潘婷盒子裏去。

我發現牠不喜歡六腳著地地平地棲息，人老大了反應遲鈍，今天這纔醒悟原來牠六隻腳支不起體重，六十度斜棲著似乎是最輕鬆的姿勢。早起看牠，全身連頭連觸鬚都全癱在盒底，嚇了我一跳。害牠受苦這十天，心裏不覺一陣痛。

趁著牠還活著，我寫了這一篇文字，讓牠永遠活在文字上不死。讀過多少傳記，總是讓讀者失意的同一式收場。筆在我手，我有權力避開這一定式。

小女兒說麻雀阿里亞應寫做阿麗雅，牠的洋名是Aaliyah·，大蝗的名字是Al-jokiro，很奇怪的拼法，還加連接號。

——一九九六、一、七～八

名字

根源地說，語言就是名字，一萬個語詞便是一萬個名字，包括有形體的和無形體的一切事物。給予萬物萬事甚至萬理命名，這是人類的一大特徵。所命的名字越多，亦即一個語族擁有的語詞越多，這個語族便越是優秀和文明，反之，便越是下劣而野蠻。文野端看語詞，語詞不止代表了一個語族的一切，也代表了一個人的一切。一個人擁有的語詞越多，其智識便越高，反之，智識便越低。說人是語詞或名字的動物也不為過。

通常語詞並不被視為名字，舉凡普通名詞、抽象名詞、形容詞、副詞、動詞、介詞、繫詞、連接詞，都不被視為名字。其實這些語詞皆各有所指，離開了所指，便成了空名或空詞。一般惟有專有名詞纔被視為名字，所謂約定俗成，也因此，把名字的範圍大大縮小了。

單是專有名詞，一個高度文明社會的高級智識分子所知的，便可至渺無涯涘，遠遠超過野蠻民族一切語詞的總合。就歷史的累積而言，一個文明社會的專有名詞數量，終究要淩駕其他語詞的總合，這是無可避免必至之勢。無人能把劉邦、項羽這兩個名字剔除，這兩個名字還只是中中者流，其上上之選如堯、舜、禹、湯、孔、孟、老、莊，則更不用說了。

當世高級智識分子，號稱學識淵博，淹貫中西，以在臺灣者為例，所知的專有名詞，不，單只是人名，究有多少？歐陽修、歐陽永叔、歐陽文忠公、歐九、六一居士，五個名同一個人。只要所知有一千人，便積有五千名。初讀俄國小說，讀者普遍對書中的人名都會心生畏懼，那麼長串的名字，又是姓，又是教名，又是長輩的賜名，又是本名，又是暱名，到處是什麼「基」什麼「也夫」，覺得實在不可能讀得下去。

單是小說、戲劇，名字知多少？一部《三國演義》究有多少人？多少名？也有些作者，以人物多出名，《望鄉的天使》的作者便是一例。荷馬的兩部史詩，莎士比亞的戲劇（這些戲劇的真作者並非莎氏本人），巴爾札克的《人間喜劇》系列，左拉的《盧貢・馬加》系列，人名都是很可觀的，而大仲馬名下的小說人名，至少上萬。

但是做為一個高級智識分子，一如跨國公司，攝取跨科智識，所累積的跨科人名，自然愈積愈夥，小說、戲劇中的人名而外，一切名著的作者姓名，單純的一姓一名已夠多，何況有姓有名有字有號有別號且外加里籍名、任所名、任職名，比方談起明代理學，姚江是專屬王陽明的，白沙是專屬陳獻章的，而兩宋的濂、洛、關、閩，則全不著痕跡，知它是指的誰？柳柳州是柳宗元，韋蘇州是韋應物，杜拾遺、杜工部則全是杜甫（杜子美、杜少陵、老杜、草堂先生也全是他），司馬遷亦稱史遷（當然司馬子長、馬遷、太史公、史公也全是他）。

談起里籍名，孟浩然算是最為出眾。孟浩然是唐朝詩人，沒做過官，一生隱居鹿門山，過著清貧的生活。他是襄陽人，人稱孟襄陽。孟簡與孟浩然同姓，平昌人，也以詩出名，做過襄陽刺史、山南東道節度使，乃是地方大員，官階不謂不高，官位不謂不大，卻佔不到襄陽這個任所名，當時的人有兩句詩云：「孟簡雖持節（地方大員），襄陽屬浩然。」（屬音燭）

漢籍中的名字，跨經、史、子、集已無算，再加一人以五倍數計，數目之龐大無以復加，但高級智識分子，普遍不止記得上千上萬人的本名，還能記得它的五倍數，說來真真不可思議。然而西籍中的名字呢？西學包括：人文科學、自然科學兩大類，細分之，可不下百科，即以最普知的哲學、文學、史學、藝術、音樂、數學、物理、化學、生物學九部門計，不下數萬，高級智識分子也是普遍記得上千上萬，且是出於熟習而記得，不是出於所謂的博聞強記。此外政治學、法學、經濟學、社會學、地質學、……，又不知凡幾。

某一天，忽猛記起高級智識分子們腦子裏裝著這許多人名，不覺為之驚駭不已。大概這便是高級智識分子之所以是高級智識分子的能耐罷。

一般常人腦子裏記得的人名，對比起來，實在貧乏得可怕，師長、親友、鄰里而外，影星、歌星、球星、拳星、高官、巨賈，寥寥可數，這也就是他們一生只成為無智識人的緣故罷。據此而觀，高級智識分子和一般常人共處一國，無異是高度文明人與野蠻人同處於一個高度文明社會或一個低度野蠻社會，這豈非天下奇觀，而其不諧調的情境，究蘊含著多少問題？

不論一個人一生記得多少個名字，其中總有一些不想記入的，理由是那些名字令記得者不愉快。當然也有些名字是樂於記起來的。而大部分的名字，都屬於中性，既不喜歡也不嫌惡。樂於記起的名字當然是多多益善，不愉快的名字最好是少記得些，可能的話，全都遺忘為最上。但人腦大不如電腦，電腦資訊不必要者可以銷除，人腦資訊卻是銷除無術，一經輸入，不論必要不必要，一概存檔，於是某一些名字便多少成為腦主的傷害，尤其是患有強迫觀念症狀的人，更成了一生的折磨，總在最不合時宜的時候，間廁在最美最幸福的影像中浮出，成為一種荼毒。即使正常人這樣的狀況都可能有過，只是偶爾出現一次而已。

因之，如何避免記入不愉快的名字，便成為極須講究的課題，不講究它，便會無篩選地，一如人體的膚表有傷口，任由病菌自由侵入一般。另一方面，既已輸入的名字，要妥善安置，即使不能讓它成為愉快的名字，起碼得讓它歸入中性之列，莫要讓它變成不愉快的名字，成為心上的荼毒，牛頓與胡克、萊布尼茲便是一例。

以上所舉是屬於切身名字這一類，但也有非切身名字而同此型的，不過，因其非切身，毒性便大大減少了。高級智識分子間，往往有這一類毒性較輕的不愉快名字。

上一世紀中葉有個叫必麒麟(Pickering)的英國人，頗識得漢字，能讀《四書》《五經》原典，他在《論語》中，看到孔子不承認人們和活著的上帝具有任何關係，完全否認靈魂世界的觀念，因而令他覺得遺憾。羅素寫《西洋哲學史》，對於不符合經驗論、邏輯實證論的各家論點，時時使用輕微的譏刺字眼，這表示那些哲學家令他不愉快。反過來說，羅素本人那經驗論、邏輯實證論的調子也頗有些人不愉快，像邊沁、穆勒、孔德、斯本塞、羅素、杜威乃至胡適，在臺灣儒家學者的眼中，都是不愉快的名字。有個德國人，知名的科學的哲學家萊因巴哈(H. Reichenbach)，在思想態度上應列為英國人，和羅素，因此可說彼此是自己人。羅素在其一九四八年出版的《人類智識》一書中，批評萊因巴哈一九三五年出版的德文本《機率論》，羅素認為歸納必須先假定一個不以經驗為基礎而又外於邏輯的原則。羅素這番異議無異重重打了萊因巴哈一巴掌而令他不愉快。他反唇相稽，譏刺羅素為綜合先驗論的消除者，反而成了綜合先驗論的公開倡導者。萊因巴哈抨擊潘迦勒(H. Poincare)的幾何學約定主義說，愛因斯坦編寫了一段萊因巴哈與潘迦勒的假想談話，巧妙地左袒潘迦勒，也令萊因巴哈不愉快；其實是彼此不愉快。

高級智識分子間，這種學理觀點的不諧協，極為普遍，故不愉快名字之累可以說人人不能免，其間差不多全都是出於固執偏見所造成。號稱是科學的哲學家，我以為萊因巴哈的治學態度（他是新實證論者）並不科學；所謂科學，主要在於客觀，但此等人則嚴重地主觀。一九六一年以生物分子學得諾貝爾獎的莫諾 (J. L. Monod)，其主著《偶然與必然》便是一部蠻橫不講理的書，真令人驚駭，居然將基因突變中的必然一筆抹煞。法國大數學家拉普拉斯 (Laplace) 尚且有逆知千萬年過去與未來的超人說，自然界根本沒有偶然，一切都是必然，偶然只存在於自由意志界。同樣是生物生理學家，杜諾伊 (P. L. du Noüy) 的主著《人類的命運》，讀來字字都是誠摯的心陽。我想杜諾伊之名，普遍令人愉快是一定的，而萊、莫二氏則不必然。

黑格爾令許多人不愉快，因為他的哲學理路不清，無異夢囈，但卻有許多信徒追隨他——早期的羅素便是黑格爾的熱烈信徒。這令人想起《呂氏春秋》裏那個逐臭之夫，故愉快不愉快實在也很難說。卡繆居然以《異鄉人》得諾貝爾文學獎，而卡夫卡的《蛻變》、《審判》、《城堡》這三部瘋子寫的小說，居然被列為世界小說名著。可見名字之愉快不愉快隨人而異，不能一概而論，只要世間有逐臭之夫，就無法定芳香於一尊。

凱恩斯，我認為他是二十世紀最大的罪人，因為他提出「消費刺激生產」之說，使得全地球在二十世紀的下半世紀陷入資源浪費、加速污染的局面。凱恩斯這個名字，除了資本家，不可能會是令人愉快的名字。

歐陽修不喜歡杜甫，而梭羅拒讀小說。

歷史上的政治名字，有不少不止令人不愉快，甚至令人痛恨，像這一類名字如再在此處提起，將是愚不可及，自己蹧蹋自己，這樣的名字儘量忘記也罷。

有些名字，像夜空中的星星，閃爍著藍色的清光，照耀在人們的記憶裏，他們是分據在各方面的人類歷史精英。俗語說：虎死留皮，人死留名。古人有三不朽之說：立功、立德、立言。在實務上留下恆久的貢獻，如愛迪生之於人類的照明一類的事業；在活命救人方面留下恆久的德澤，如巴斯特之發現病菌一類的遺愛；在觀念指導上留下恆久的金科玉律，如孔子之於社會人倫一類的教示。但三不朽實在囊括不盡人間不朽的盛事，貝多芬的《命運交響曲》應該歸入三不朽中的那一不朽呢？芭達奇芙絲卡的〈少女的祈禱〉，一個二十三歲黛綠年華便香消玉殞了的少女的心曲，又該如何位置？達文西的〈蒙娜麗莎〉呢？迄立世界各地的建築偉構呢？顯然關於美這方面，在三不朽提出的時代還是不暇計的；換言之，美做為人類的價值重要內涵，其時演化尚未成熟。

虎死留皮，因為牠的皮被人類珍保；人死留名，因為他的名字被後人留念。留名有先行的條件，也就是要先成名，成名而後方能留名。就曾經活過的人類總數而言，留名者實在少之又少。於是乎一個永恆的名字世界超越地存在人類世界之上，人類尋求往生天堂而未得，這個永恆的名字世界，或許正是人類永生的天國罷。

若這個永恆的名字世界是人類可能求得永生的天國，在英雄時代是時時有往生者；可是在今日資本主義的唯錢主義統治下，世界已進入了無英雄時代，英雄盡行銷融在錢財中，人人都成了錢財的奴僕，成了無名小卒。帶著復元的健康，快樂步出醫院的「棄疾」者，可知道絞盡腦汁製造救命機器和良藥者的名字？乘坐巨毋霸客機的乘客，可知道它的一連串改良者的名字？這個極端先進的空中巴士，絕非萊特兄弟的飛行器。如今成為全人類各部門最得力用具的電腦，我們只知道三八六、四八六、五八六這類數字，那些創造改造者的英雄們的名字呢？資本家斥用重金籌設最為完備的實驗室研究室，網羅科技精英，配成一隻隻的金雞母，因而生出一粒粒金蛋，金蛋而已，名字何存？英雄既已成不了名，又安能留名千古呢？雖然我們這個時代，確實到處有熱烈喧騰於人口的所謂名影星、名歌星、名拳星、名球星、名政客的名字，可是這些名字卻無法往生於那個永生的名字世界。人類史始於無名，又終於無名，天道循環，始點即是終點，其中奧理，確非常識所能解明。

——一九九六、六、二十一～二十八

樹蘭

樹蘭，外形跟七里香十分相似，幼苗很難分辨，屬楝科常綠小喬木，並非蘭科植物，何以名為蘭，不得而知，名稱與木蘭可說是相同的。七里香屬芸香科常綠灌木，葉子略小於樹蘭，這是兩者最顯著的差異，若不是熟悉，看見經過修剪的樹蘭還是會誤認為七里香。七里香開花集中在枝端，花梗一柯十數花，花色白，五瓣（也偶有六瓣的），直徑約二公分，黃昏之前開，次日晚間凋謝。樹蘭全樹開花，花梗一柯二、三百花，一枝約七十花，花色黃，花體小，宛似小米，約一周方謝，盛開時滿樹金，一期花，約半個月盡。花落如雨，夜深人靜，落花聲宛似細雨聲，颯颯傳耳，平旦起視，樹下滿地金，雨潦流處，可堆積到三、四公分厚。七里香又名九里香、十里香，花名雖盛，實則花香之遠播遠不及樹蘭，也許該計及樹體體積，評價纔公允。樹蘭和七里香，全年皆可開花，無定期。樹蘭花盛開時，香氣濃郁到令人吃不消，眼、鼻、喉、氣管、肺的黏膜往往不堪，與野薑花無異。樹蘭和七里香的果實也奇異地相酷似，紅褐色，有花生米大。

二十年前在舊屋（坐北朝南）庭右種了一株樹蘭，如今樹身有五公尺高，枝條蔭覆直徑約有六公尺，依新屋位置看，樹頭在新屋東窗東約一丈二（約四公尺），枝條西伸，臨新屋東窗近約三、四尺。住在舊屋時代，每到樹蘭迸全力盛開花時，不得不揭竿打下大量的花，以減香氣。如今住在新屋，要夜晚東風行，纔聞得到夜晚的弱香氣，因此再不打花了。沒想到這株在過去對我過分熱烈放香的樹，如今卻換了另一種方式，一樣慇懃地款待我。

我的書桌就擺在新屋的東窗邊，樹蘭的滿樹青鎮日排窗而入，花時還兼照入黃橙橙的滿樹金。一叢桂花樹和樹蘭交枝連葉相銜接居其北，又一株海頓樣和一株柳丁樹接連在桂花樹的西北，形成一張青幕，將新屋東全面遮蔽了起來，說幽謐也頗覺幽謐，新屋東儼然因而形成了一面幽境。

鳥普遍愛幽境，在本地只有麻雀和白頭翁愛熱鬧。麻雀和白頭翁有點兒像都會人，這新屋東的一張青幕，牠們也只肯停在樹表，繁枝茂葉中，牠們是不肯進入的。但是愛幽謐的鳥可多啦，長眉（小彎嘴畫眉）、細眉（柳北柳鶯）、報春（短翅樹鶯）、大剖葦（大葦鶯）全是；有時候連最慣露相的伯勞，興來了，也會鑽入密菁中。

提起伯勞，牠是新屋東這張青幕中最令我心喜的一鳥。牠自八月底或九月初自西伯利亞或華北趕到，一直逗留在本地到來年五月初。初到的一個月內，牠愛在新屋四周啫鳴，以宣布牠的地盤，我自舊屋或新屋走出，牠必定要跟我打招呼，可能是表示我侵犯了牠的地盤，但我一直認為是牠初到，看見老朋友，心喜，禁不住要發聲打打招呼，我則揮揮手說聲「乖」，以回報牠的「友情」。不論牠停在何處，是離地一公尺半的下枝上，或高聳遠出舊屋頂，有十公尺高的老樣顛末，牠一例熱情不減，我很受感動，在藍天白日下，倍覺歡快。何以見得牠是跟我打招呼呢？

因為小女兒身高也有一六五公分，來來去去，牠卻是不出聲的。因此牠的招呼鳴聲深深打入我的心底。一隻飛越重洋數千公里而來的鳥，跟我有這樣深的友情，想起來眼眸裏該有淚光。

隆冬祁寒，向晚時見牠在下枝上、電線上、籬門上縮瑟著，蓬鬆起全身的羽毛，這表示牠飢寒交迫，見著為之心酸；牠今夜怎敵得住節節下降的氣溫？不免為之著急。於是我急急走入新屋，打殺一隻壁虎，掛在牠看得見的下枝上，牠果然看見，飛來啣食。一隻壁虎夠牠產生充足的體熱抵禦嚴寒了。舊屋裏的壁虎我一向優遇，呵護備至。新屋裏的壁虎，全愛鑽入我的書櫥中屙屎產卵，污穢我心愛的書，只要打得著，必定打殺。

上午或是下午，風和日麗，坐在書桌前，有時會聽見樹蘭裏有小提琴協奏曲的獨奏——不是奏鳴曲，奏鳴曲曲式弱些。仔細聽，很像是柴可夫斯基《D大調小提琴協奏曲》第一樂章的後半段，奏得真好，奏者是誰？非他，正是伯勞。啊，牠今兒食物豐足，在吃飽後生命無憂的時候，對著這麼美的天光，禁不住要歡快地低聲淺唱。對對桌上的時鐘，牠足足演奏了半個小時。透過好幾重的枝葉，看見牠自在地愉快地動著角質的喙，喉頭波動著，眼珠轉動著，自頭頂沿著項、背、尾輕輕地律動著，牠神情的輕快，宛似一個天真爛漫的小伙子。

樹蘭上，一年裏不定期會發生幾次上千上萬飛如擲的浮塵子和葉蝨一類小於蒼蠅的害蟲，伯勞當然捕捉不到，青苔鳥（綠繡眼）是牠們的全年剋星。樹蘭不可思議地毫髮無損承受得了這些蟲害。這是樹蘭的一個特色。此外樹蘭的又一特色是落葉多，一年到頭儘有落不盡的枯葉，堆積至四寸厚，腐殖的葉土生殖著鳥類喜食的多量地蟲。這上下兩方面的雄厚含蓄，和它天生葉繁枝茂善於蔭庇，使得樹蘭能夠以另一形態熱烈款待我。

有時候不經意偶一瞥東窗外，忽見一隻大鳥（首尾約三十公分長），自南面蓮霧林離地一尺高（約三十公分），低空筆直朝樹蘭飛來，落在樹蘭下的小徑上，隨即走入覆蔭下的落葉層，翻爬葉土，啄食土蟲。牠是虎鶇，背面是金黃色與褐色的鱗斑，腹面是黃白色帶黑色的新月斑，全身都是斑，因而得虎鶇之名。靜觀著這樣的一隻大鳥在樹蘭下覓食，與陶淵明「悠然見南山」的感受應是相去不遠。有時候牠不飛，一路快步跑來，頭俯尾垂，背部微微隆起，樣子有些古怪，當然這個姿勢是避開敵害的最佳方式，可減少被敵人發現。牠這樣快跑的姿態委實頗為誘引人多看幾眼。有一天，看見鄰人掛在簷下鳥籠裏籠著三隻虎鶇，偷偷給放了一隻，待要全放時，怕被看見，那剩下的兩隻，命運自然是悲慘的。那一天其餘的時間，不免為之沮喪不振。

往年每到十月，樹蘭裏便可聽見截截聲，那是報春。報春總是姍姍來遲。牠自北地飛越重洋在大屯山、觀音山一帶著陸之後，一路遊山玩水，盡情飽覽各地風光，來到南臺灣，已費去一個多月的時間。舊地重到，牠不勝歡欣。南臺灣有的是豐富的食糧。在過去裏，老樣是牠最中意的穀倉，如今樹蘭是無出其右，世界上最豐饒的一所糧庫。牠攝足了南臺灣無出其右的精氣與秀氣，待來年二月，南臺灣旖旎的春蓋天蓋地罩臨，牠於是向人間遍唱春歌。人們遂名牠報春。在樹蘭中，牠一邊隨枝葉翻轉，啄食昆蟲，一邊慇懃憨唱春歌。

可是前年的十月牠沒到來，十一月、十二月、翌年正月、二月、三月全無蹤影，無聲息。又是十月了，牠還是未到，十一月、十二月、今年正月、二月、三月，依然杳渺。老詩人——不寫詩的詩人，落索寂寞，心灰意冷。他的好友們越來越稀少了，往年常見聞的赤腹鶇、白眉鶇、虎鶇都不見了，環頸鴴也久未再掠高空飛過，燕鴴也少了，他直覺得再過幾年，將不會有候鳥了，到時只有留鳥長相守，即使是留鳥，怕也保不住，有許久不見烏鶖了，伯勞貍（棕背伯勞）已有二十年不再見到，黃鶯更不用說，赤鷽（黑頭文鳥）、烏嘴鷽（尖尾文鳥）也久已不見，近來連草鶺鴒（褐頭鷦鶯）、陶使（灰頭鷦鶯）也都不易見到，夜鳴鳥也沒有了，此地不止將是卡靜女士說的「沈寂的春天」，且將是「沈寂的長年」。一種落寞感，一種抽空感生自心底。

今年四月十七日起至五月十二日止，大剖葦在樹蘭中聒噪了共二十六日。總算是種慰藉，早已對報春絕望了的。但是五月十三日早晨五點五十分，忽聽見樹蘭中二聲截截，是大剖葦的聒噪聲則嫌小了些，該是報春的警戒聲纔是，然而這是不可能的，此地四月四日以後報春絕不再停留。十四、十五、十六，三日裏只偶爾一聞截截兩聲，只好認定大剖葦尚未走。可是十七日上午我在舊屋廳堂中陪小女兒做三樣功課：英語、《論語》、法語。九點五十五分，偶向門外一瞥，見庭左黃玫瑰欉低枝上自樹蘭飛來一隻報春，千真萬確是報春，為之驚喜不已。次日中午，我在廚房中忙著，小女兒問我鳥書上報春是什麼名字，我告以短翅樹鶯，稍停小女兒說她看見一隻鳥在樹蘭中翻來轉去，不是報春，因為不十分符合鳥書上圖片的色彩。老父動怒了，責備小女兒怎麼不直截了當告訴爸爸，讓爸爸鑑定呢？鳥書的圖片是不大管用的。小女兒不解老父動怒，問有那麼重要嗎？我說爸爸逐日做記錄，關係重大，未親自看到，不敢寫下半個字。

午飯後，我們父女便守在窗口，小女兒告訴我，有兩隻，一隻在地面上。經老父鑑定後，樹上的一隻確係報春無誤，牠在那裏翻轉，啄食浮塵子和葉蝨；樹下的一隻，和報春大小略同（約十四公分），在地面上步行，向上跳起，啄食低枝葉背的浮塵子和葉蝨，那不是報春，自來不曾見過，也不是雌的黃尾鴝，牠頭頂、項後、背脊至上尾，帶黛色，其餘枯葉色有斑，走路一如虎鶇，可斷定是臺灣鳥書未曾記錄的新鳥，我叫牠地行鳥。

牠在樹蘭下啄食一圈之後，跳上下枝，居然在枝上步行，原躭心牠是隻病鳥，飛不起來，沒想到牠是本性勯（動作慢）。一會兒被狼犬追逐，不見了。趁著這空隙，我走回舊屋，這纔看見牠在海頓檨的中高度大橫枝上步行，畫面至為優美。我回新屋後，牠又下地回樹蘭下覓食，牠跳高最高大概可跳到十七公分。其後牠判過小徑走入鳳仙花（指甲花）半尺多高的新苗林中，慢條斯理地仰頭啄食停在葉背上的飛蟲，向蓮霧林的方向踱去，不一會兒，又回樹蘭下來。這隻鳥第二日未再出現，諒係北返了。那隻報春在樹蘭中直活動到二十日。

雖然未聽到報春歌，見到報春，知道牠尚在人間，總是莫大的安慰。尤其我的記錄，打破了報春留滯的時限這麼遲，真真興奮。這隻報春和那隻地行鳥，以及大剖葦，都可斷定是自南洋北返過境，這也是一項可貴的記錄。

我這二十多年來破記錄的記錄不少。灰鷽（灰文鳥）、陳氏褐鶲鴒、類西伯利亞寬嘴鶲和這隻地行鳥，都是臺灣鳥書所未曾記載的新鳥。至於時限的破記錄，一時記不起，須待遍查我的日記。

樹蘭坐鎮在新屋東，無異是我的一座自然舞臺或一間自然教室，它給我自然智識和快樂都一般多，由衷的感謝它。

補充說明：此文寫於何年已記不得。前年總算領教了七里香花香的威力，家裏一隻六歲大的小狼犬幾日內被七里香的花香薰死，我本人也被薰得呼吸道盡行發炎，且引起無菌腦炎，差點兒沒送命。

二〇〇四年六月初附記

按：此文寫於一九九六年。七月十日起筆，而七月十二日母親逝世，七月二十九日續寫，八月十日續寫完。八月七日日記寫道：生計無著落。八月二十八日，本文在《中央日報》副刊刊出。八月十五日寄給梅新先生，而先生今已作古，謹以本文紀念母親，也用以紀念梅新先生。

二〇〇四年八月三日補記

文字

據說文字創造之初，天雨粟，鬼夜哭——老天慶賀人類有了得力的工具，如雨般降下穀物做道賀之禮，而鬼則見人類有了文字這項利器，自知再無所施其祟，故在暗夜裏號啕大哭（因為鬼不能見日光）。「昔者蒼頡作書，天雨粟，鬼夜哭。」這句話，出在《淮南子》〈本經訓〉，原文引用這句話未必如上面解釋的意思，但這句話的原意是上面解釋的意思則無可疑。果然文字效用之大凌駕人類的一切發明，人類偉大文明之所以能建立，全在有文字，若人類自始便沒有文字，人類的文明是永遠停滯不進的。文字承載了人類一切實際經驗經歷的成果，像一長列的火車，一代代增掛車廂，自上古一路駛向現代，且駛向未來。

文字本諸語言，語言無論在時間上或空間上，都是一極有限的存在，但文字在時間空間兩方面，都有行遠性，它打破了語言的時空局限，乃是人類文明的一項大革命。凡是文明的大革命，都是人類的一次大躍進或大躍昇。

文字的發明，使部落進於王朝成為可能，且成為現實；使直接小社群進於超直接大社群成為可能，且成為現實。若無文字，人類將永遠停滯在互相能喚名的天然小社群下，一旦人口續增，超出能互喚名的界限，社群若不分裂，便將一日日劇增其紛亂以至於凌亂不可收拾的局面；即使社群分裂，因分裂之不已，終必因生存空間之擁擠，不斷滋生戰禍。印加帝國以結繩為準文字，畢竟只能成立地球上僅有的迷你帝國，這地球上的惟一迷你帝國，因之亡在西班牙二百五十兵士的刀鎗下，其帝國的迷你可想而知。在大帝國內，社群可高達百萬千萬乃至上億成員而能相安無事，這種帝國內的平安或昇平，全是文字之功。

腦中記憶是短暫的，但憑腦中記憶，紛爭是必然的。文字籠絡了社群，不問這個群體有多大，這是文字不可思議的效力。藉著文字這個不可思議的籠絡效力，小自一家，中自一鄉一里，大至天下邦國，纔得成為一個整體，纔得各安其位。《中庸》所謂：「致中和，天地位焉，萬物育焉。」只有文字，纔能使人類社群獲致中和、得位育，套用古

典的句子，可以說：文字之為德也大矣哉！（德是作用的意思）

文字之德之大，從下引一則故事可見一斑。俄國通俗作者伊林 (M. Ilin) 在他的《書的故事》一書裏講到一個黑人被歐洲海盜人口販子從非洲捉去，用船載到美國賣給一個姓傑克遜的法官當家奴，這個黑人名叫山波 (Sambo)。女主人叫他送一籃子午餐給法官，還加了一張紙條。山波聞到香噴噴的好氣味從籃子裏不斷散發出來，經不起誘惑，掀開籃子蓋一看，居然有四隻烤雞。他右手拿著籃子蓋，左手提著籃子指間拈著紙條，心想法官一個人那吃得了這麼多雞，自己吃它一隻又何妨，於是便坐下來，放下籃子蓋，吃掉了一隻。山波到了法院，將籃子和紙條交給傑克遜法官，法官看了紙條，再看籃子裏的烤雞，又看看紙條，問山波怎麼少了一隻。山波狐疑不解，法官怎知道他吃掉了一隻，莫非那紙條看見了告了密？那紙條看來是有魔法。下次山波又被誘惑，可是他這回謹慎地將紙條壓在一塊石頭下，便放心地吃了起來，可是法官還是問他怎麼少了一隻。

當然這是一則笑話，可也充分可看出「文字之德之大」了。

文字除了上述經綸大小社群的「大德」之外，它還有許多大的「美德」。今日人類飛潛電化，參天地而兩之，「範圍天地之化而不過，曲成萬物而不遺」（〈繫辭傳〉語），全是累積文字的「美德」而成。人類用文字造就了無與比倫的文明之花，那就是學術——文字的七寶樓臺。這已不止是文字的大德，而是文字無上的「美德」了。

野蠻民族的語言永遠是不完全的，就為他們沒有文字，沒有文字就得永遠停留在野蠻的狀態中，想掙脫也掙脫不出來。有了文字纔能造就完全的語言，所謂完全的語言，包括抽象語言和完整語法，沒有抽象語言和完整語法便是兒語。有了文字，語言纔能一步步臻於成熟，纔能開啟且發展出彌綸六合的學術思想。故文字是文明的樞機。

說學術是文明之花，多數人怕都不能首肯，人類那五光十色燦爛奪目的物質什品與用具，衣食住行，萬彙紛華，這纔是文明之花。其實萬彙紛華是學術的現象，學術是萬彙紛華的本體，現代物質文明是廣大學術本體的一小呈現，故它不是文明之花。學術一路來備受造物主的讚許，近世以來，學術直逼入造化核心，造物主不止讚許，且至讚歎而心折，它纔真是文明之花。

文字締結學術成為文明之花，但文字本身正像植物，它自己也開花，那便是文學；文學是文字之花，且是永不凋謝之花。故自古以來，文明國度，文字開出的花朵，無論種類或數量，都至為繁富，這些繁富的文字之花，和音樂、藝術開出的另二種繁富之花，共同締結出超乎人類物質文明之上的優美的心靈世界。但不幸的是，世間一切無不會衰老，除了天不荒地不老之外，我們看不到一樣東西（包括生命）能夠永存永生。文字在這宇宙不刊的真理下，不幸在十九世紀的下半世紀，已漸漸顯露出老態，開的花逐漸少了，終於在二十世紀的下半葉停止了開花，它已衰老得再已不能開花了，換句話說，二十世紀的下半葉已沒有了文字之花——文學，當然並非絕對沒有，只是在世界文明各角落偶爾纔能看到一朵半朵罷了。諸位，試檢驗看看，沒有花形、花色，也沒有花香，您能認定這種東西是花嗎？嗚呼哀哉，我們只有綴合屍骨的仵作，再已沒有文學家。既已沒有文學家，何來文學作品？音樂、藝術亦然。人類優美生命往矣不再，文字還可能開出花朵嗎？言之不免鼻酸。好在我們前此已開出千千萬萬永不凋謝的文字花朵，燁燁瀲灩，依舊綻放著萬古常鮮的芬芳。文字應額開出的花朵既然有這麼多，我們也該已滿足。

文字由三項成素構成：形、音、義；三者分別為文字的形容、聲音、心靈或靈魂。正如人，每一個文字都有它獨特的形容、聲音和心靈，和人一樣，個個都是它自己，獨一無二。但文字和人類並不盡相同，人無有不死者，文字則或有死或無死，無一致的壽命。有纔生便死的文字，有存活一段時間方死的文字，而典籍上的文字，差不多全是不死的，亦即永恆的。文字雖即有不死，卻往往因歷時久遠，形容、聲音、心靈三方面，不免各有變易。

以漢字為例，自始創時的象形文字，經甲骨文、鐘鼎文（即大篆）、小篆、隸書而楷書，形容不斷有變化，即使行之近兩千年的楷書，如今更有想像不到的浩劫，大舉被無規則簡化。這大舉的簡化，幸而有臺灣這個東周，方得保住漢字命脈於不墜。就是平時，文字形容也不時起變化，如丘字，因為是至聖先師孔子的名諱，書寫者為了表示敬意，往往不敢全寫，故意缺一筆寫成𠀉，形容上便有了些微的改變，而且又將此字唸做某，也是表示不敢直斥孔子名諱的意思，是則孔子的名，不止形容有改變，聲音也改變了。至於充斥於一般三流雕版及俗人筆下的俗書，形容上的改變，數量是很可觀的。卻字也寫做却，陰字也寫做陰，闊字也寫做濶，舉字也寫做舉，冰字也寫做氷，稱字也寫做秤，家具寫做傢俱，數量之鉅，已至罄竹難書的地步。至於草書，隨書寫者意興遄飛，漫無規律，文字形容已至大亂的境地，而自草書發展出來的簡體字，早已敗壞造字法則，使六書無完膚。

至於錯別字。如撐字，日本劣等字模工居然刻成撐字，憇字刻成甜字，這一類錯字在印刷上正在大量滋生。而別字則往往是書寫者的筆誤，如反唇相稽，寫成反唇相譏；可望不可即，寫成可望不可及。這些別字也正在連篇大發展中。往往原稿無誤，刊出卻誤了，大要皆誤於手民。真是「看月可知遮斷少，校書真覺掃猶多」。

文字如人類，也有命運偃蹇的，也有福壽雙全的。如人字，偏有不少人愛寫成亾字，這個亾字，在大腿上被砍了兩刀，還能不跛嗎？漢字形容悽慘萬分，彷彿是戰場上敗下來的殘兵傷卒，絡繹於路。書寫字體，上下層十分穩定，中層則光怪陸離，如群魔舞爪，所謂中層，我們指的是高中至大學這個教育階層。審查過不少參賽各類文學獎的謄寫稿，接過許多讀者的信，有半數全是畸型字或不具字，禁不住要痛加批斥。

文字在聲音方面，上古、中古、近代，迭有變化：如阿字，上古音ㄚ，中古音ㄛ，近代音ㄚ；如學字，上古音hak，中古音hok，近代音ㄒㄩㄝˊ。而現在教育普及而粗糙，一般大眾不知正讀時便有邊讀讀邊，無邊讀中間，造成的音變更是普遍。如酢醬草的酢字，諸位請考考自己，看是讀什麼音？大概全是讀做ㄓㄚˋ罷？此字要讀ㄘㄨˋ，也就是說酢和醋是同一個字。要怪只怪古時書不同文，一個語詞有好幾個寫法：如任、儋、擔是同一個字，綹、紐、鈕是同一個字，誰有那麼大的本事識得這麼多的異體字呢？其實有不少字的字音全是沒道理的，如西漢時匈奴休屠王太子歸化漢朝，賜名姓為金日磾，磾字要讀做ㄉㄧ，有道理嗎？而觶字要讀做ㄓˋ，有道理嗎？寘字也讀做ㄓˋ，這三個字的字音全都沒道理，它們分明是形聲字，磾、觶要是讀單或禪或彈都算合理，寘要是讀真、嗔、填也算合理。在我們的觀感上，我們認為古人亂讀，的確是亂讀。這種亂讀字相當多，如這字，讀ㄓㄜˋ，有道理嗎？它原本是讀ㄧㄢˋ的，讀言或唁都是合理音。又如找字，讀ㄓㄠˇ，合理嗎？此字分明是划船的划的本字，提手旁一個戈字，臺語唸戈的去聲是合理的。但是我們新製造的亂讀卻日日有增無已。至於破音字，原本是及物動詞、狀詞之與名詞不同調，如今已成了字音的一面大泥淖，誰有本事談這些個字音呢？

文字的心靈方面，變化之大不在形容與聲音之下。《禮記》〈內則〉：「衣裳綻裂。」東漢末大經學家鄭玄注：「綻猶解也。」也就是說綻是解開（脫線）的意思。這是嚴重的錯誤。綻字，一邊是糸一邊是定，就是用絲線將兩塊布縫定的意思，臺語現時縫合仍叫綻（ㄊㄧ，下去聲，帶鼻音）。〈古豔歌行〉：「故衣誰當補，新衣誰當綻。」做新衣纔用到綻，修舊衣多用到補，兩種動作有別。因為鄭玄的錯誤（按許慎的《說文解字》也誤），蘇東坡的〈九日詩〉纔有「籬邊菊初綻」之句，綻也就是現今流行的綻放。又牙字，東漢大文字學家許慎的《說文解字》：「牙，牡齒也，象上下相錯之形。」清朝的大文字學家段玉裁將「牡齒」（公齒，相對於「牝齒」即母齒）改為「壯齒」，而釋牙為臼齒。我嘗說漢儒多不識字，清儒不識字的情形更嚴重。按牙字，本義是咬，這裏是借字，它的本字是兒字（臺語唸gê）。牙（兒）是尖而又長的角齒，即位置在嘴前兩角的長齒，不是深居後方的臼齒。故《詩經》〈行露〉：「誰謂鼠無牙，何以穿我墉？」老鼠是沒有牙的，但能齧穿牆壁，墉是牆的古字。可見牙是動物戳穿的武器，在嘴前方，不在嘴後方，段玉裁居然能忽略〈行露〉篇這個「穿」字。象只有上兩牙，疣豬也只有上兩牙，都奇突地突出口外。虎、獅、豹、貓這類貓科動物則上下共有四牙，並不露出口外。猿猴靈長類中，狒狒的四牙最明顯，與貓科動物無異，其他猿猴較不明顯，甚至根本無牙。人類一般是無牙的，故在大街上掛著牙科牙醫這樣的招牌很是奇怪，這些招牌最合適的懸掛地點是非洲大草原。牙是獸類的武器，最大的功用是用來戳穿獵物的身體，使之不能逃脫，使之致死。造物主只給每種動物一種武器，多給沒有好處。故戴角者無牙，如牛羊頭頂戴角，口角上便沒有牙。而有牙者無角，象、虎一類有牙的獸類都不戴角。鳥有角質的嘴，也算是一種武器，故牠既無牙也無角。嘴字原本只寫做觜，底下正有個角，古人大概將鳥嘴當角看待。

現今最流行的一個語詞英俊二字，含義也已全變，已和帥同義，如英俊小生便是。《淮南子》〈泰族訓〉：「智過萬人謂之英，千人謂之俊，百人謂之豪，十人謂之傑。」王褒為漢宣帝草〈聖主得賢臣頌〉云：「開寬裕之路，以延天下之英俊。」若漢宣帝能夠復起於九原地下，他看到報紙上影星英俊小生字樣，定會驚喜，即時延攬入閣，卻焉知這些小生，只不過是「貌過千萬人」，並非才智有什麼出眾之處。

美國電腦專家 *Christopher Evans* 在他的 *The Micro Millennium* 一書中指出，印刷文字正臨到死亡的末路，文字將全部移入軟體中繼續存活。其實文字的存活場，自古以來迭經改變，在中國，先是甲骨、鐘鼎、竹簡、木版、縑而後紙；在西洋，先是草紙、泥磚、羊皮而後紙；而今東西方文字都在轉入軟體中。不過軟體影像機上的文字都是影子文字，和紙上的本體文字比較，在清晰穩定度方面，自有天壤之別，而在攜帶展示上，功能之優劣更是雲泥。即將來臨的世界，伐木造紙將是一件非常昂貴的工程，屆時紙上印刷文字必將被視若拱璧，書本將會非常高價，而大作家紙上書信真跡，喊價必至天文數字的境地。

——一九九六、八、三十～九、八

懷念

八月二十八日，小女兒問伯勞該回來了？老父回說是時候了。今年電視新聞臺視未報導伯勞到達恆春半島的消息，家裏又未定報紙，除非自家果園聽見伯勞看見伯勞，伯勞幾時到，這幾天裏，我們父女是茫然無所知的。二十九日未到，三十日未到，三十一日也未到。總還是在八月裏，不苛求。其實自七月下旬起，我們父女心裏早已在期待、盼望。日子越是接近八月下旬，便越是企盼得緊。一到八月二十日，老父總會跟小女兒說伯勞快回來了！於是我們的盼望便變得熾熱。也許是我們父女生活圈窄，纔專盼望一隻鳥。這可也是事實。我們的生活極為單純，除了幾隻蟲鳥，實在也沒什麼可經心的。也不知道這樣的生活好還是不好？總之這是我們的生活。九月一日，仍未到，我們心裏變得焦躁了。二日，三日，四日，五日，六日，都未到。小女兒心裏是什麼感受，老父未問她。老父自己則是滿胸臆不祥之感。伯勞也許真的絕滅了，在臺灣一年被獵殺兩回，回那邊去，又被獵殺一回，一年年還剩得幾隻？自入九月以來，我們由盼望轉為絕望，我們心中的天地一日日陰暗下來，就像是懷念那沒有塑膠袋的年代，我們懷念著今年五月以前的日子，連今年五月以前的日子都變得那麼可懷可愛。七日中午十一點五十三分，小女兒練鋼琴的琴音正迴盪全屋宇，老父有幾分重聽的耳裏好似傳入天使的歌聲。老父急急跟小女兒喊聲停，我們都清晰的聽見新屋西兩丈處新檨（二十年檨）上伯勞正喈喈鳴著。啊哈，伯勞回來啦！伯勞回來啦！我們心裏的天地即時晴光遍照！可是一會兒之後，又歸闃然，自此不再聞見伯勞的鳴聲。老父跟小女兒說：過境鳥，集中到恆春沙馬磯頭，將飛渡到南洋各島嶼去。說著心頭不免感到一陣落寞，我家伯勞到底還未回來。八日中午十二點許，又聞見伯勞聲，可是一會兒又歸闃然。老父不在家，這是小女兒的記錄；又是過境鳥。九日，全日有伯勞，且在新屋前後鳴，透過床頭北窗，看見一隻在窗邊新檨上徙倚輕鳴甚久。可是牠不是我家伯勞，我家伯勞活動的顯著據點，這批伯勞全未落腳。在新舊屋之間，新屋四周，我家伯勞有十多個據點，包括曬衣竿，圍牆鐵門，鐵門上空的電線，舊屋庭左鄰屋浴間屋沿，另一鄰人大哥大高聳天線，舊屋庭右柳丁樹下橫枝，舊屋庭前新檨下橫枝，新屋左前新檨下橫枝，新屋前新檨新樟下橫枝，新屋右前新檨下橫枝，新屋西窗邊新檨下橫枝，新屋餐間西窗外新檨下橫枝，新屋餐間北窗邊新檨下橫枝，外加舊屋西老檨梢頂、舊屋庭前兩株新檨梢頂，至於新屋廚間北窗邊新長型檨、床頭北窗邊新檨，乃是牠玩耍之處，那兒有一溪石落長滿了腎蕨。凡下枝據點下，白屎斑斑，這些個所，新到伯勞全未停過，梢頂據點更甭提了。十日，十一日，十二日，……，老父和小女兒一天天益發思念牠。老父跟小女兒說：New-tail（牠的名字）老了，也許死在返北途中，不然便是死在這次回來的路上。New-tail 該有幾歲了？四歲，大概至少有四歲了（確定數字須查日記）。自從 Long-tail 那年凌晨兩三點誤撞床頭北窗（猜想係因飢餓——那一天黃昏便見牠沒吃到東西，夜光中瞥見窗上有壁虎，距離焦點失準，因而猛烈撞在窗上），晨間發現牠死在餐間西窗下。自那以後，New-tail 接了 Long-tail 的領地。伯勞在自然狀態中到底有多少壽數，雖不得而知，死在半路上的可能性是有的，眼前擺的便是一個事實。想起牠回來的頭一個月內，每天跟我打好幾次招呼，風和日麗的日子裏，在樹蘭中奏小提琴協奏曲，我的心便往下一直沈，沈到不見一絲光的深底。啊，又思念又懷念，牠是我的至親好友！

思念是一頭栽進去的，對象緊貼在腦子裏；懷念有距離，對象浮在眼簾裏。故思念悲苦，而懷念淒美——懷念時只會記起可懷可愛的種種。對於親人，不論逝去的或遠離的，思念的成分總多於懷念成分，不是親人則懷念的成分多於思念的成分。

隨著九月日曆一日日撕去，我們對於 New-tail 由懷念轉為思念，心情益益悲苦。可是十三日、十四日、十五日，十五日中午十二點一刻，居然聽見 New-tail 在舊屋庭前新樣梢頂上不停地啫啫鳴叫。啊，New-tail 回來啦！老父急急告訴小女兒。真是：是耶？非耶？何姍姍其來遲！我們心頭上落下一塊石，腳底下生起一餅雲，有什麼喜事比這更可喜的呢？頭二日，牠忙著向周遭宣布牠的地盤，整天在四處樹梢上不停地啫鳴，整日都是牠的鳴聲。第三日一早，牠終於跟老朋友打招呼了，牠的地盤宣示業已穩固，於是只要我從屋裏出來，牠總要招呼幾聲，尤其還要特地飛上最高最顯豁處，鄰人大哥大天線頂，那裏牠沒遮攔看得見我，我沒遮攔看得見牠，我則特地停下來，擡起頭舉起手回牠一聲乖，牠顯得似乎很安慰的樣子。老朋友終於又在一起了。不遠數千公里的陸路海路，牠怎能飛準牠的子午線？《易經》逸句：「失之毫釐，差以千里。」牠怎能不差不忒回到這個家呢？牠身上沒有什麼最先進的雷達儀器，牠怎麼做到的呢？當然牠腦子裏是有副遠勝過人類製作的老天所賦最優秀的儀器，否則那是絕對不可能之事！那儀器是什麼？那便是牠的靈魂！是靈魂的靈不差不忘引導牠回到這個可愛的第二故鄉，第二個家。想到牠數千公里路一心一意趕回家來，我有多感動啊！

我們父女的心終於定了下來，現在我正每日享受著這份人鳥的友誼，生活在牠那快樂矯健的鳴聲和身影裏；小女兒也分享了這份快樂。要是她的 Long-tail 還在，Long-tail 是會繞著她的周身飛的。

可是伯勞一回來，藍鵐（黑頸藍鵐）便走了。藍鵐和伯勞，可以說是參商不相見，正像不能同時出現在同一面夜空的參星和商星。藍鵐是本地的夏鳥，我一向認為牠是夏季的漂鳥。所謂漂鳥，意思是牠確是臺灣永遠的住民，不是外地來的候鳥，不過因有上下遷移的行為，即冬季自臺灣的高山漂下臺灣的平地，夏季則反向再從臺灣的平地遷回高山。但所謂夏季的漂鳥這話正好反逆，是不能成立的。牠夏季漂來平地，冬季漂回高山嗎？這是不可能的事，沒有這麼傻的鳥，冬季高處不勝寒，卻反向漂去。那麼藍鵐冬季身在何許呢？這是一個問題。只有兩種解釋，其一是因為伯勞是鷙鳥，與鷹隼同性，而藍鵐是鳥中的智者，牠曉得跟虎狼共處，終不免虎口，故伯勞於五月初一走，牠便來，九月初一到，牠便走，全生避害為求生存的第一要義，也許這是真相。小女兒便見過New-tail攫食一隻麻雀。有一天，向晚時，我在舊屋庭面上散步，忽一隻鳥從老檨上飛箭般穿過我的背後，射落舊庭左，一聲哀鳴，急回顧，則見New-tail正攫住一隻在地上覓食的麻雀，New-tail正待要撕那麻雀的肉吃，因我眼光的射落，急忙鬆了腳，飛回原枝去。有一回，我正在新屋餐間用餐，忽西窗邊發出青苔鳥（綠繡眼）的一聲慘叫，那兒新檨枝正貼窗，繼見一隻麻雀沈落餐間南窗下，急一探望，麻雀迅速騰飛而去，牠飛行速度之快，是單身飛，未有挾帶，審視牠停落處，只見一塊拳頭大的浮石，青苔鳥或許早已掙脫。連麻雀都會獵食青苔鳥，藍鶲對伯勞的戒心，可以想見。故牠走牠來，牠來牠走。說藍鶲是本地的夏季漂鳥，這樣的說法是合適的。第二種解釋，我一直想提出來，卻不免有些遲疑。我老懷疑黃鶯、藍鶲這一類臺灣鳥，冬季極有可能有一部分遷徙到南洋去。但冬季偶爾仍可看見藍鶲，我假定這是未出走的一部分。燕鴴，據我的觀察，確有這一類事實，一部分燕鴴是在臺灣南部出生的，其出生地是大溪埔或山崖壁，冬季南徙。但鳥書沒有這樣的記錄。最嚴寒的二月初，我便曾經見到過燕鴴傍著客運車飛，千真萬確。像這一類燕鴴是出生在華北或西伯利亞，冬季留在臺灣南部為臺灣的冬留鳥。大部分的燕鴴，在臺灣都只是春秋二季的過境鳥。燕鴴在日本是迷鳥，日本不是燕鴴的故鄉，是偶爾迷路誤入，就像天鵝，在臺灣也是迷鳥。若果藍鶲冬季南遷，那麼我所謂夏季漂鳥，須得改稱夏留鳥了。

今年五月伯勞走後，來了四隻藍鶲，一雄三雌。啊，惹得我忘記了對 New-tail 懷的離愁。這四隻藍鶲一看見我，便嘈雜地嘖嘖而鳴，好像看見了動物園新到的大象——牠們體型瘦小，我相較之下，不折不扣是頭大象。我走到那裏牠們跟到那裏，熱情不在 New-tail 之下。我站立不動，避開視線，不對視，牠們便飛到我的頭頂上的下枝來，距我頭頂只有二臺尺。整個夏季 New-tail 不在時，是這四隻藍鶲跟我作伴。九月五日，也就是伯勞初到的前二日，我看見牠們之中多了一隻，這一隻身價連城，全身赤狐色，也就是紅褐色，頭頂赤褐帶黑，美甚，矯健甚，這是變種，千百年難得一見的變種，是雄的。可是伯勞一到，牠們便消聲匿跡全都不見了。藍鶲，英文名字叫 flycatcher，可想而知其飛掠身影之優美，而且鳴聲輝輝，終日不絕於耳。雄的背身寶石藍，閃閃發光；雌的灰些。

此時正沐浴在 New-tail 新回家來的喜氣中，可是一時頓失去這一小群藍鶲，新生出一段離思與惦念，這離思與惦念在即將到來的日子裏，將一日日轉變為懷念。我們父女的心中，居然也有參商的夜空，彷彿注定永遠不能解除情牽一方。

——一九九六、九、二十～二十三

大阡陌

鄉下沒有公園，也沒有運動場。農人在自家田地裏作穡，運動量很足夠，田地裏有的是蟲聲鳥聲、蜂影蝶影、綠草青木、藍天白雲，其實全是私有苑囿般，也用不到有公園。即使設了公園、運動場，鄉下人也未必肯去利用。正如一個人肚子撐得飽飽的，缺乏飢餓感，便是再饗以珍羞，也吊不出胃口來。農人的運動一出於逼迫，除非閒得生了病，他們普遍認為下田是一種勞碌命，他們所想望的生活，與一般人無異，養尊處優，頤指氣使，飯來開口倦來眠。而且農人實在也沒有多少美感，若果在鄉下設了公園、運動場，農人頂多也只會趕時興湊湊熱鬧罷了。農村比都市還缺乏隙地，根本沒闢設公園、運動場的地皮，不見全臺水田旱地，田間阡陌，兩邊侵削，細到不能容足的地步，很可看出臺灣農家「雞腸鳥肚」般狹窄的心性。目前人口有自都市回流鄉村之勢，將來這是問題。

倒是臺糖轄下的農村，大蔗區連阡接陌，雖無設施，容得下一輛大卡車行駛的大阡陌，湊合起來也可算得是迷你國家自然公園，可兼收賞心與運動的效益。

大蔗區小者數百甲，大者千甲，種蔗之外無雜作，除開收割期，平日阡陌兩邊盡是美草，東西（阡）南北（陌）直線縱橫至少綿延一公里，在臺灣此時此況，這是點燈火無處覓的「優詩美地」（借用美國加州國家公園 Yosemite 這個名詞），可惜無人利用。這些大阡陌，平時自早到晚，自晚到早，絕無車輛，也無行人，連糖廠員工也絕蹤影。一踏入這些阡陌，第一個感覺是有似乎遺世獨立，無人聲無車聲，有之是蟲聲鳥聲，腳底下砂礫的摩挲碎音，微風過處草葉輕柔的沙沙聲。眼前是兩旁美草，不論何種草種，無一不美。九月裏，也許是一段三百公尺長盛開著縑也似的發著釉光的白花的菅，高過人頭夾道相迎，而草鶺鴒、陶使、烏嘴鷽則在菅花菅葉上跳動向你歌唱輕鳴。走盡這一段「優詩美地」，轉向東，也許是一段高與膝齊的紫花藿香薊的純草林徑。此草喜濕，腳底下你感到水氣，方纔的陽燄一時頓消。此草毛絨絨的梗葉，紫色的小絨花，引你不由俯身一親，而一隻一臺尺餘長長尾的夢卿鳥，當你方一擡頭，正飛越你的視線，落在另一邊的新蔗中，在那兒「啤、啤、啤、啤，姑魯嘎、姑魯嘎」連聲高唱，你即時進入夢幻中。走過這三段的三百公尺，筆直再走入下一阡也好，或許你想再轉入另一陌，好罷就左轉走入另一陌罷。你剛一拐彎，一對鵪鶉正從步徑地上擡頭看見你，略一猶豫，雙雙避入徑旁金午時花的純草林裏去了。啊哈，此時你的眼前是遍地金，那金午時花的矮梗上(全草不超出四十公分高)，綴了多少黃金打製的花啊！花心中，一花一蜂，一花一蝶，看得你目瞪口呆。你輕移著你的腳步，忽地那一對鵪鶉噗地一聲在你的腳底邊驚起，掠過你的前額，向你的身後筆直低空飛去。你回頭目送，好羨慕牠們，只要一步一啄，便有的吃，不像你得先趕公車、刷卡，先得賺幾個臭銅板，然後纔有的吃有的穿有的住，看牠們一身天衣長在身上，也不花一毛錢，而且不洗不漿，光鮮如新，不污不染，而且牠們耳根清靜，鼻根無塵；噪音、污染，那是人類的自作孽呀！走過這三段的三百公尺，也許你想右轉了，好罷便轉入向東的另一阡罷。呀，你的眼花了，比方纔更密集，離地不足二十公分高的小金英純草林，正舉著數也數不清也是黃金打製的花，熠熠煜煜，那柔軟的短葉，襯得多美呀！可是正當你一步步劇增著感動的當兒，一隻大田鼠卻忽地竄過阡，你嚇得不由尖叫，那是此地唯一不像樣兒的聲音，你大大對不起這條阡陌。你驚魂漸定，又被小金英無盡的美溶化了。走完這另一段三百公尺，也許你又想轉個彎，可是你有戒心了，也許會不期遇見一隻狗熊？你一畏縮，於是土地公的食指一指，你倏地從大阡陌間消失不見了，你睜開眼睛，發現自己好端端睡在溫暖的被窩裏。南柯一夢嗎？不，你是親臨其境的，絕對不是夢！

舊曆年初，你有機會又來到另一大蔗區。那該是陽曆二月初罷，南臺灣的天空奇美！南臺灣的冬陽奇美！南臺灣的大地奇美！這一大片大蔗區尤其美！這片大蔗區收割甫竣，砂礫地正裸露，滿天是雲雀！不，是天風吹動了天幕下的串串風鈴！天色是一式淺藍，美得好剪下一角來做衣裳做窗帘。大地是這樣遼曠，全無遮蔽，一覽無餘。假若你有望遠鏡般的好眼力，這數百甲砂礫地上，你正可檢點出數十種涉水禽和一些地上鳥。當然你用不著躭心會遇見狗熊，一切無不在你的眼簾裏。可是你立腳的一陌，你發現乾涸了的溝澮邊，正有著上千鼠穴，連延三百公尺，成一大聚落。你發毛嗎？不，絕不，這是全地球僅見的一大奇觀，三生有幸纔能置身此境。一隻大田鼠竄出又竄入，你不再尖叫，不再發出那不像樣兒對不起土地的尖叫聲。你沿著田鼠聚落巡禮。壯哉鼠乎！儼然這裏是鼠輩的一座大城市，不見它金碧輝煌，奪人眼目嗎？的確，假如你有一對鼠目的話，你會看見這一切。

雲雀此起彼落，你仰望得有些眼花。你看見一只風鈴倏地從天壁極高處，如流星一般墜落，卻在你的跟前煞住，墜地無聲。你定睛一看，千真萬確，牠是一隻鳥，戴著一頂羽冠，不錯，正是久仰大名，此時如雷貫耳的偉大天上歌者雲雀。你看得嘴合不攏，牠可又冉冉飄起，泠泠地搖著牠的風鈴，像一片木葉，像一隻蝴蝶，托著熱氣流升呀升，升呀升，升向天庭。你仰著頭，愈仰愈僵，終於你的頭僵住了，而牠也沒入了天庭，你再也看不見牠了，可是牠在天庭上，還是不絕地把美音播落。「在那樣高的地方不斷有美音播落，聽著聽著不由感激起來」，《田園之秋》的作者這樣寫著。

「草枯鷹眼疾」，此時是南臺灣的旱季，已有三個半月未降一滴雨，阡陌上僅見少許渴極匍匐在地的矮草，你不忍踩著它，你俯下身去，憐憫地撫摸它，卻發現它是青葙——野雞冠花，原本可高到人膝的個子，如今離地不及三寸，正舉著小小的（有小指第一目大的）慘淺紅白色的圓塔狀花。而小金英也變矮了，纔只有兩三寸高，可也矯健地弄著黃金打製的花，比九月裏更美，只是零落不成群落罷了。

此時你忽聽見背脊間嗶剝作響，啊，原來你的任督二脈被南臺灣和煦的冬陽打通了。

於是你精神百倍，彷彿是蝙蝠俠或宇宙超人，要淩空飛去。你剛纔僵了的頸項，花了的眼目，都恢復了。於是你的膂力盎滿，腳力盎滿，你一展臂，沖天飛起，再不勞土地公費神，霎時間，但聞一陣颼颼的風聲，貫窗而入，全無阻礙，全無破壞，身已在你的臥室中。

——一九九六、十、五

對稱

天平的兩端各置以等重的物品（不拘是否同式），天平便保持平衡，這是「對稱」一詞的本義。但一般概以同式反體為對稱，這跟原義已有出入。比方人的臉面，以鼻樑為中線，兩邊同式反體，各有一目一耳一頰和半邊鼻嘴，這種對稱，可名為完美對稱，在自然界中其究竟基例，如：粒子、反粒子，物質、反物質，宇宙、反宇宙是。但對稱的本義總不能因此而被抹煞。譬如水，對太陽系內的生物而言，應可加上三個字為形容詞，名為「活命的水」——地球上的一切生物皆以水為體液，但對於溺水者而言——不論是人類、鳥獸、昆蟲或草木，則應改用另三個字為形容詞，名為「要命的水」，這「活命的水」和「要命的水」，乃是一個對稱，我們名它為一般對稱。《老子》書上說：「天下皆知美之為美，斯惡（醜）已；皆知善之為善，斯不善（惡）已。」既然標榜出美和善，當然要對稱地突顯出醜和惡來。故大小、長短、方圓、上下、左右這等語詞或概念，全是對稱。單純的對稱，是事實描述，無所謂。但一落入價值判斷，便歸結為幸與不幸的對比或對立。人世事在價值判斷下幾乎全成了對稱，而且是幸與不幸的對稱，在幸這一邊的是好命人，在不幸那一邊的是歹命人。一對奇異的比重，使得人世顯出可駭異的現象。以天平為喻，幸的這一端是一塊體積小的重金屬，比方是黃金，而不幸的那一端則是體積龐大的一大堆棉絮。苦難與不幸，在人世的天平上竟然輕於鴻毛，沒有什麼質量，要堆積起千千萬萬人的不幸纔能跟極少數幾個幸福的人那高比重的質量相對稱。

平衡一定要對稱，沒有對稱就沒有平衡。存有存於對稱，也就是說，我們的宇宙是因對稱而存在，沒有對稱宇宙就不可能存在。小至原子，大至宇宙，這是定則。

氫原子是由一個原子核和一個單獨的電子結構而成，原本這不可能有對稱，因為電子的質量約為原子核的一千八百分之一，但因為電子的繞原子核旋轉異常快速，每秒鐘旋轉億萬次，故實質上這個電子自己取得了完美的對稱，這種以時間對抵空間的對稱轉換很是奧妙，宇宙竟以這種奧妙的對稱轉換為起點。由之，可知我們的宇宙，對稱是一個基本原理。

最完美的對稱是球體，從而可推知我們的宇宙應該是一個球體，因為存有非完美不可。目前的宇宙是不是一個球體，這可以不問，但它的結構則是非為球體不可。

宇宙以內未必盡為最完美的對稱，如地球並非是一個正圓球。這有什麼意義呢？當然這是有意義的，最完美的對稱是一個封閉系統，地球假如是個最完美的正圓球，它便是一個自我封閉的系統，除非它有自體活力，否則地球便會是個死球。顯然地球沒有自體活力，即不像我們的宇宙是個自體活力的系統，雖封閉而能不窒息，而且也非封閉不可，不封閉則活力將逸失，終歸死亡。

從而可知非完美對稱是宇宙內存有或存在的另一原理。

從天道透入人道，可知在人生最完美的對稱並非好事，不完美似乎更完美。因此人生推至於極，乃有悲劇。悲劇好比最完美對稱的氫原子的被擊破，因而釋放出幽禁在人生中的無限熱力，一如氫原子中被幽禁的能量或力量，依愛因斯坦的 $E=mc^2$ 程式，形成所謂原子爆炸。E是能量，m是質量，c^2 是光速的平方。

從巨觀看，宇宙內沒有不對稱的事與物，但從微觀看，萬事萬物確有許多不對稱存在。譬如一隻跳蚤站在一個人的右耳上，牠怎麼看都看不出這個耳朵自身有對稱存在，但這個耳朵所以存在是有左耳與之做完美的對稱，跳蚤拘於墟，牠是不可能解會得這個宇宙存在的原理的。凡眾譬如跳蚤，不可能由人道透見天道。

《莊子．秋水篇》寫道：「井蛙不可以語於海者，拘於墟也。夏蟲不可以語於冰者，篤於時也。曲士不可以語於道者，束於教也。」拘於墟是為空間所限，篤於時是為時間所限。束於教是被教條所限。以上三者都是微觀所見。

微觀未必不好，微觀有微觀的生命，巨觀有巨觀的生命。不對稱促使人在其小範圍內力求平衡，這裏看到生命的活力，也看到生命的悲劇，悲劇的力量。安徒生的〈賣火柴的小女孩〉一篇短短百許字的童話之感人，遠超出雨果的《悲慘世界》百萬字長篇巨著之上。美國女作家朱威特的短篇〈白蒼鷺〉，日本短命作家芥川龍之介的短篇〈蜜柑〉之感人，遠超出《塊肉餘生錄》、《戰爭與和平》等巨著。

實際上在人的地位上，即在人生，幾乎全是微觀的，人生非止不盡是完美的對稱，就是一般對稱也多半不是，不對稱纔是人生的本相本質。用大宇宙天道完美的對稱巨觀來置身的，那是極端少數的賢哲，一般人是企望不及的。不過這似乎是一種向量向勢，於此，人生纔值得。

附註：朱威特（Sarah Orne Jewett, 1849–1909）的短篇傑作（境界之高、純、美，對於人類業已寫出的一切眾作，猶如泰山之於丘垤）"A White Heron"，中譯有二種：香港人人出版社黃淑慎氏的〈白鶴〉，文學雜誌社（忘記譯者姓名）的〈白鷺〉。前者收在《美國短篇小說集》一書中，後者發表在《文學雜誌》上（忘記是那一期）。二譯譯名都欠妥當。heron 是蒼鷺，文中這隻鳥是蒼鷺的變種，羽毛純白，甚為罕見，還是照字面譯做〈白蒼鷺〉纔妥當。

——一九九七、六～八、十六

大洋國

讀過拙著《訪草》第一卷的讀者，或記得起〈盲人島〉那一篇文字。盲人島是大洋國執政官一手闢設出來專供盲人居住的安全島，時在執政官首任執政期間內。他心中還有一個島，一直在考慮中，那便是美人島，此島除了優生的用意之外，也有治安上的用意，意在消弭本島的色暴力與色糾紛。執政官執政之後，絞盡腦汁，企圖建設一個國民真正安居樂業的國家，但他一直覺得很難，除非使用非常的手段。早在他當執政官之前，他便徹底研究過普遍存在於現代國家的共同問題，即罪惡橫行的問題。他發現一切罪惡皆起源於民主政治與資本主義，民主政治與資本主義是蟠踞著一切現代國家的兩尾毒蛇，這兩尾毒蛇很難打殺。打殺了這兩尾毒蛇，一切問題都迎刃而解了。如何打殺這兩尾毒蛇，是他當選執政官之後一直在研究的問題。最棘手的是縱然打殺了本國這兩尾毒蛇，卻無法打殺蟠踞在世界其他各國的無數毒蛇。首任執政期間他便很想下手，但他還無術對付一切毒蛇，因而延宕了。這第二任執政是他最後的機會，他一定得出手了，否則良機一失，黑暗將永遠統治著這個世界，世界絕對沒有翻身的機會。

執政官很覺得安慰，在他首任執政期間，他殲滅了這個國家的貪官污吏，也殲滅了黑道幫派，但犯罪散戶他迄未能有效清除，今日此人剛接受政府的褒揚，明日他可能便犯案了。而合法的經濟掠奪和詐欺，一直在他的面前公行，公行者是大小資本家及其爪牙的國會與地方議員，他自己的本黨便是合法的大掠奪者和大詐欺家。這一切他正規劃一舉予以剷除。第二任執政的第一年，他便有了幾項重大措施：第一項是禁止奢侈品（包括轎車在內）的進口與本國製造；第二項提高定期存款利率，鼓勵國民儲蓄；第三項減少糧食進口百分之二十五，獎勵本國糧產，提高保障價格；第四項停止開闢道路與都市擴建；第五項內陸市鎮逐步還原為農耕地，遷建新市鎮於瘠地；第六項精簡軍警，淘汰老弱；第七項廢除國民中學，恢復初級中學，其成績不及格學生勒令退學，班級不足學校合併。執政官認為國民中學吸入智商中下者，遂成為罪犯養成所。他認為國民組成成份以小學畢業者佔百分之五十，初中畢業者佔百分之三十，高中畢業者佔百分之十五，大學畢業者佔百分之五為最合理；第八項禁絕暴力色情電影、電視劇、影帶、影碟、書刊及新聞報導。有不少措施，早在首任期間已做好，如山林的停止開發、醫療人員的嚴刑管制、中低收入戶的醫療補助及子女教育補助、乞丐遊民之拘入國家生產場等等。

這些措施當然引起既得利益者的反彈，也立即提高了國民失業率，後者執政官早有安排，前者則多屬工商界及各級民代，但執政官亦早有對付之策，執政官則讓此等人一一失蹤。執政官說，此等人不是沒有飯吃，而是貪得無厭，此等人乃是國家的癌，國家病入膏肓，動大手術，大割除，乃是不得不然之勢。另一較重大的效應是外國的抵制，但這也是早已計及之事，這是世界各地的毒蛇，雖無法予以打殺，禁止其蛇信之觸入本國是他做得到的。只要國民能從奢入儉，一切外國毒蛇也莫奈我何！

執政官自首任執政便保護婦女不遺餘力，各鄉鎮市區特設一副首長，由各該縣市地方法院遴派女檢察官任之，家庭糾紛，由檢察官自動調查乃至提出公訴，頗收平息之功效，而鄉鎮市區貪瀆舞弊及強凌弱諸弊端亦因而絕跡。但婦女之被姦殺事件則全不奏效。執政官為婦女制定三戒：一、戒豔裝（為其暴露性感）；二、戒珠光寶氣（為其炫耀財物）；三、戒夜行（為其有機可乘）。但婦女普遍當耳邊風。一個反對黨的婦運女領導人，居然也犯戒而被姦殺。執政官異常痛心，身為婦運領導者，又非久居北歐昇平世之地而驟然返國，不悉國情，居然如此欠謹慎，連己身都不能自愛自保，遑論愛人保人？執政官說，一個公眾人物的死，要向國家及國人負責，要死得仁義禮智信，這位婦運者竟然死於不「智」，他痛心之至。只要婦女一天不壓抑其以雌性引誘雄性的本能，他便無能為力。至於幼女童的被姦殺，完全是資本主義的毒害，父母們向錢看齊，一窩蜂向外追逐財富，置子女於不教不顧，而媒體娛樂色情氾濫，政府有通天本領能保護得了誰？況且飽暖思淫慾，又多方受暗示刺激，每個男人都可能犯案，防不勝防，治不勝治，鐵腕施極刑也未必有效，而民主思想，立法無力，他名為執政官，形同傀儡，只能眼巴巴地看著罪惡向國人肆虐。最令執政官氣結的是國人的奢靡，每年數百億美金拱手送給世界各地的資本家，國家能長久富有嗎？而無智識之人出國旅遊與胡亂採購，乃是白蹧蹋金錢。各級議會議員智識水準之普遍下降，這根本是兒戲，然而這便是所謂的民主。

第二年執政官又有幾項重大措施：第一項提高減少糧食進口至原總額之百分之三十；第二項禁止菸酒及一切色情營業。藥用酒，由各鄉鎮市區政府供給；第三項強姦罪處以極刑；所謂極刑，是指死得異常痛苦與恐怖。殺人（包括車禍）、搶劫、放火、販毒、吸毒、騙色、詐財、貪污、舞弊、賭博，一律一般死刑；第四項凍結一切選舉，由現任者無限期連任。至此國會已形同虛設，既剝奪其審查中央政府之預算權，又剝奪其立法權。執政官以失蹤伺候，無人敢於以毛髮試火，故國內十分平靜，但外國所謂民主大國則大施壓力。執政官態度強硬，仍相應不理。執政官惟一之反應是加強國內外官營事業之開拓與發展，執政官自有手腕，其市場甚至更大舉拓入所謂民主大國國內，當局之封鎖無奈他何。

第三年執政官又有幾項重大措施；第一項再提高減少糧食進口至原總額之百分之四十；第二項剷除農村不必要的道路還原為農耕地；第三項普及鐵路網與公路網，預計三年內完成，目標大鐵路每二十分鐘一班車，都會電車每五分鐘一班，公路以不超過半小時為限。預告三年後全國禁止一切自用轎車之行駛；第四項獎勵文學、藝術、音樂之創作與欣賞，哲學、科學之講習，工藝之發明與生產，技藝之鍛鍊與競賽。

第四年執政官又續做幾項重大措施：第一項再提高減少糧食進口至原總額之百分之五十；第二項禁止國人私自出遊。國家有旅遊申請，經評定其人的智識水準及格，一切公費，惟其人歸國後須提出旅遊見聞建議報告，而私人採購以圖書、景物益智影帶為限，其他物品一概禁止攜入；第三項設立大文學院、大藝術院、大音樂院、大哲學院、大學術院、大科學院，後二院各分設十大分院。以上均聘請各該部門有成就人士為院士以充實之。

第五年，也就是執政官第二任執政任滿之年，執政官做了最後的幾項措施：第一項解散各級議會，廢除民主政體，實行責任獨裁政治；第二項委任國內三所頂尖大學正教授團，選舉首任正式責任獨裁執政官，一切官吏由執政官直接任免，執政官為「朕即國家，朕即國法」，但僅限兩任。一般刑法、民法及各種法，亦委任正教授團參酌舊法，於本年內制定之。其將來第二任責任獨裁執政官則改由大院院士選舉之。

於是執政官乃發佈〈責任獨裁政治宣言〉，全文如下：

> 民主政治與資本主義係當前世界之潮流，但二者實乃人類之大墮落。民主政治蓋根基於人權思想，曰天賦人權，人人平等。但何謂人？人之定義為何？則未嘗先加究明，而人之內涵為混淆不清矣。語有云：衣冠禽獸。則此果為人乎？為非人乎？賦衣冠禽獸以人權，合理乎？不合理乎？有危險乎？無危險乎？即有問題乎？無問題乎？相應乎？不相應乎？彼具人形而無人理，因其人形而人之，為是

耶？為非耶？夫所謂人者，人其人形乎？人其人理乎？夫人之行為，發於人形乎？發於人理乎？蓋徒有人形而無人理，雖有所發皆非人之行為也明，彼衣冠禽獸之所發，但有禽獸行耳，則彼其不得賦予人權也明。白癡有人形而無人理也，瘋子有人形而無人理也，彼其行為得視為人之行為乎？不得視為人之行為乎？曰：必不得視為人之行為也明。故無人理則無人之行為，無人之行為則不得賦予人之權。孔子、蘇格拉底，具人形而足乎人理。足乎人理，之謂聖人，謂真人。人理不足則為非足人，非真人。夫黃金之九九者，其成色九九而已，非千足也，千足之謂純金、真金。人亦然，人理有不足者，有全無者。全無者無論矣，其不足者則眾人是已。故人理不足，亦但能賦予不完全之人權也已。今以孔子、蘇格拉底與眾人共一國而同賦以平等之選舉權，則孔子、蘇格拉底得乎？眾人得乎？夫真理，非票數之所能定者也，善惡非票數之所能判者也，利害非票數之所能決者也；蓋真理認定於智者，善惡分判於仁者，利害取決於多識者。今乃委之眾愚，故民主政治者，乃盲人騎瞎馬之政治也，危乎殆哉！今有千斤之重物於此，烏獲、賁育之力士輕而舉之，眾人圍觀而已。夫政治者，萬鈞之重物也，眾人直俯伏匍匐焉耳。古之賢者有云：民可與樂成而不可與慮始也。為民之無智識、無品格，無衡量真偽是非善惡利害之能力也，今乃以政治之權柄授之眾愚，是猶問道於盲，豈不謬哉！故民主政治者，乃一切政治中最為窳陋之政治也，近世之趨向於民主政治也，實人類之大不幸，而亦人類之大墮落，然乃勢之必至必經之一階段也，此一階段過後，人類必躍昇於賢人責任獨裁政治矣。夫人類政治，自來有二：曰君主專制政治，曰貴族政治。政治之優劣高下，視操權柄者之智識、道德水準而定。君主有智識、道德水準極高者，有極卑者，其極高者必有美政，其極卑者則必有窳政，而其不高不卑者，則往往為宦官朋黨所把持，求其良政不可得也，免於亂而已。貴族政治者，智識、道德水準得平均數，故略優於君主專制之常態而上之，為過往人類政治之較好者，但此政治難得，往往為獨夫所替，終為君主專制所奪。今之所謂民主政治，就其假象言之，乃庸俗（即無智識無道德的一般人）得勢之政治也，就其實質言之，乃財閥操縱之財閥政治也。財閥者誰？資本家是也。夫資本家者何人哉？曰彼非人也，彼乃錢鼠耳。古人有言：為富不仁。故凡此等錢鼠者，乃惟利是圖，彼六親且不認，安在其心中有祖國同胞同類乎？故資本主義者，乃不道德的主義也；資本家者，乃不道德的生物也，彼但聞得錢聲，嗅得錢臭，彼其炯炯鼠目，但三寸內見得錢色耳。彼其右手操政治，左手操經濟，於今之世也，好事做盡，惡事做絕。曰渠為不道德的生物，曰好事做盡，豈非惑耶？曰渠惟利是圖，苟做好事亦有利可圖，誰能制之限之而阻之於好事之前耶？故渠於從事大工業致大污染令國人普遍得病之餘，乃曰：開設超大型醫院，亦大有利可圖之事業也，吾且毒盡天下之一切人，奪彼小醫院，設超大醫院，以榨取天下一切人之餘瀝，人且德我，吾安得於此而後人乎？安得當仁而讓乎？故醫藥之研究，醫療器材之開發，若電視、電腦、電冰箱、磁浮電車、巨毋霸客機，此皆所以救人便人者，彼資本家之熱烈於此，惟利是圖，豈非好事做盡乎？至於惡事做絕，若污染之遍於山川海洋乃至天空（南極臭氧層破），能源資源開發之趨於枯竭不繼，向人心中開拓無窮無盡不知止的奢靡慾望新殖民地市場，而躐蹋了人性，潰靡了人類原本崇高可敬的精神體，而娛樂媒體器材產品（包括電影、電視節目、影帶、書刊及一切聲色場所）之全面煽起暴力與淫慾，彼資本家者奴役驅使其手下的所謂智識人與所謂文人，殫其邪回之伎倆，宣淫導惡，窮奢極侈，彼為滿足其惟利是圖之錢鼠心性，乃不恤人類與地球之毀滅與淪亡。如是世界人類在無智識無道德的庸俗人與萬惡的資本家手中，有識有知有情有義之士，能無動於中，安坐而不奮起乎?吾國人，其起來!驅逐民主與資本，建設世界之安樂土自我國始。起來，吾同胞!

執政官於第二任屆滿下野之日，將失蹤者全部放回。原來失蹤者被拘在外島，特聘國內第一流的哲學教授，為彼曹講授哲學課，包括人生論、宇宙論、動植生命哲學三部門。人生論，分倫理學、美學。宇宙論，分創造論、物質論及精神論。

執政官於下野前夕，發表了一篇簡短的下野聲明，全文如下：

余之職責到今夕零時而止，自明日起，還我純老百姓之身，余不復有政治之職責矣。自明日起，此一職責已交付首任責任獨裁執政官，余已為純老百姓，國人若仍求其責於余，是為大不合理之要求也。余既為純老百姓矣，余不復有護衛隨身，其有非取吾性命而不快者，則但取去，余不恤也。余為政而不免於有切齒欲致余於死者，則余為失政之執政官也明，則死固其宜也。余以此開先例，令後繼者矜式且以為戒。人生會有死，設余得僥天之倖，死於正寢，余墓但一丈見方已過侈矣，其墓頭碑但書某某之墓，余願已足。其有妄稱某某之陵寢或陵墓者，天誅地滅，國人共攻之。此乃封建專制獨夫之遺號，當殲而灰之。余今行且卸責，此後個人所望，但願做一個快樂的讀書人，其進而能做為一個博物學家，則大過余望焉。祝福吾國家！祝福吾國人！

——一九九六、十二、二十七～一九九七、一、十四

孟子曰：「上下交征利，而國危矣。」

大禹之時，據說有萬國，國有大小，大者數千人，小者數十人，各據其價值厚薄不等之地以自保。這個國，換個說法，說它是人群要好些。到底人群之維繫是由於力，或是由於利，或是由於人情義理？國家起源論對此有上述種種講法。由今日臺灣的情形來看，臺灣整體人群的維繫，似乎是由於力、利和人情義理三者的混合而成。由過去的人類歷史看，一國的存在，全由於力者有之，全由於利者有之，全由於人情義理者有之，而以混合者居多。全由於力者大率不能持久，秦始皇的大帝國只傳二世。民主共和是全由於利的結合，理論上說是如此，其實民主共和骨子裏是以欺詐妥協為手段。中國數千年來是人情義理維繫的局面，下層千千萬萬民眾全依賴人情義理而結合，上層的統治者乃是寄生蟲。中國自周公以來實施宗法社會組織，這個社會，沒有統治者人群的維繫也不會發生動搖。孟子所以說出上面那句話，是有這個根據。孟子雖有「民為貴」的主張，其實他是無法容忍民主政體的。「亦有仁義而已矣，何必曰利！」因為民主完全出於利的結合，起碼這是它的口號，利與仁義正好對遮，即互相否定。「君子喻於義，小人喻於利。」這是孔子說的話。小人，是無智識的一般凡眾，以生物本能行事，當然只懂得「利」字，由這個「利」字放縱行去，只有亂的一途，中國數千年來下層民眾所以未由利放縱行去，便是被宗法社會的人情義理約束住。既經深知宗法社會人情義理是維繫人群的惟一完美原理，對於與義對遮的利的危亂性，孔孟都是一眼洞察無遺的。故孟子說：「上下交征利，而國危矣。」征是追逐的意思。大家都一窩蜂追逐私利，自總統以至於庶人，一是，皆以利為本，孟子此語正是臺灣今日的寫照，臺灣已是世界公認的「貪婪之島」，也是「危亂之島」；危是安的反義字。

相對於私利，似乎有公利這麼一種說法。只要是利，不論其為私為公，一律是與仁義對遮。美國總統與其國務院發言人有個口頭禪，那便是「美國的利益」一詞。他們動不動便說「合於美國的利益」「不合於美國的利益」。每次在電視上看見這些人的演說，便不免鄙夷他們的級數之低，他們雖身居顯要之地，其實依然是一般的生物人，即孔子所謂「小人喻於利」的小人，終究不識仁義為何物，此等人便是我們常鄙視的庸俗之人。你以為總統是高級人嗎？非也。只要他是不學無術，以生物本能行事，滿腦子是利字，全身血液中篩不出半毫克仁義的成分，他仍然是下級人。「合於美國的利益」，合不合於臺灣的利益？合不合於世界其他人群的利益？

美國慣於祭出人權的大纛來壓迫弱小國家，遇見了中共，因為「不合於美國的利益」，那面大纛便悄悄地收起來了。美國人口，佔全世界人口的百分之四，美國人製造的二氧化碳卻佔全世界人口所製造的二氧化碳的百分之二十。一個美國人一日所製造的垃圾等於非洲貧窮國家的一百人量。在聯合國這些議題上美國政府便無所遁形地露出了其野蠻不道德的獰猙面目，悍然不肯自制。美國顯貴巨賈收藏的象牙製品，羚羊、虎、豹等珍貴動物的標本或毛皮不計其數，他們卻能夠毫無愧怍地來壓迫臺灣人。美國是當今民主政體的一個範本，也是利的主導者，好在擁有核子武器的國家為數還不少，否則「美國的利益」早淹沒了全球。這是以利字為本的一個大標本。

只要是以利字為出發點，不論是不好聽的私利或好聽的公利，都是人類的禍害。時至今日，人類再不應該以利為生存的指導原則，而應該以合理不合理，即義不義，以義為全體人群共同生存的指導原則。以利為原則，孟子說：而國危矣。以義為原則，纔能夠真獲得：而國安矣。

利是人類順著動物生存本能推展下來的一個獨斷的寡頭的價值基準。這個利字，自人類出現之初以來有一大段甚長久的時間並不曾在人群內部特別突顯過，它的成為普遍內在於人群的一個指向一個動力，乃是商業社會興起以後的事。商業以牟利為主。孟子所遊歷的是戰國時代新興的商業大都會的各國首都，他所見到由利字引發的危象，應該已頗為嚴重。今日除了資本主義主宰著人群，再加上民主政治，情形之嚴重，當在孟子所見的千萬倍以上。以臺灣為例，臺灣的政府非常典型地是以利治國，當局以盜劫民脂民膏的國庫為最高行事，十多年前興建的國家音樂廳、國家歌劇院，一把觀眾椅據說花掉公帑當時的三萬元，一副吊燈花掉公帑一千多萬元。許多年前花費一五六億元（？）開闢的南橫（後來追加到近二百億元），李登輝總統當日當省主席，巡視過南橫一趟，只遇見六部車，且都是林務局的林班車，李登輝感歎地說：「開闢這樣的一條路，花那麼多錢，太不值得了。」當時的李登輝還相當天真無邪，他怎知道這不是不值得，這乃是盜劫國庫且盜劫山林。如今兩千億元的一塊肥肉核四廠卡在喉頭吞不下去，當局上下其手，搞了另一塊新肥肉，也是兩千億元的新南橫，正張開血盆大口要吞下去。試想想，花東兩縣人口合計不足六十萬，搞了多少運輸通路，一條廢南橫，還要再搞一條新廢南橫。政府自身便是國賊，上行下效，又安能不至於全國滿街子是賊！

今日臺灣的危象亂局，人民生命財產之不能保，乃是政府一手導演出來的——以利治國，孟子曰：「上下交征利，而國危矣。」臺灣人人人生活在「危」中，孟子早在兩千多年前便宣示過了。

林務局幾十年來當局未給半文經費，令蠶食山林自活，於是林務局成了臺灣山林的巨癌。臺灣山林是天然永久不壞的絕大水庫、絕大氧氣供應源，山林毀了，天然永久不壞的絕大水庫，以人為的蠶食毀了，再興建短命的許多小水庫（又是許多肥肉），絕大氧氣供應源毀了，於是我們興建了無數大醫院，以收容失氧後的許多病患。

君不見全臺城市農村排水溝都加了密不透水的蓋（請檢視看看，看這些蓋能透多少水），大雨一到，街路成了溪流，而排水溝幾乎是乾的。又是幾千萬億元的肥肉！只要能提供肥肉，什麼顛三倒四的事不能做。

臺灣總表平面，深山淺山佔了五分之四，這五分之四的總表平面之不能砍挖是三歲孩童都能思考得出的一個結論。深山，水土保持功能早已崩潰，每逢大雨，山崩地裂，洪水土石流氾濫成災。設當日砍挖所得是一元錢，今日水災花一百元猶不足以善後，這種賠本生意再愚蠢的人都知道划不來。然而砍挖所得入私囊，而善後卻是由全體國民納稅來賠理，這些官僚國賊，當然我行我素，事不關己。目前淺山水害已經大迸發，土石壓垮民房，泥土滿路，災情不一而足。難道這一切都是不能預見的嗎？登陸月球、探測火星都能一一預計，難道這麼淺顯的事，我們的官僚都不能預知嗎？

治國者應該是通達庶務的多智多識者，可是我們的治國者全是無知無識之人。蕞爾一個小島，在他們手裏弄成千孔萬創，以至民不聊生。到底他們在位在職上心思用在那裏？當然他們的心思並未用在他們的職位上，他們的心思全用在「征利」上，他們是盜劫國庫破壞國土的國賊！我們將政府交給這批賊，弄到臺灣一島全毀，人人不聊生，這是自食惡果，還能怪誰？

臺灣這塊土地在這批無智識無天良的官僚手裏毀了，臺灣這塊土地上的人民呢？當然上行下效，上下交「征利」，全臺民心不毀者還剩多少？今日全體國民，有積蓄者玩股票，無積蓄者簽六合彩，懶惰無出息者則行殺人放火、姦掠劫奪，全是做的不事生產的勾當。上下沆瀣一氣，惡勞好逸，一心僥倖交征利。試問這樣的局面，臺灣之不覆亡還有多少日子？到了那時，臺灣深山淺山在接連幾場大颱災下盡行崩潰，即使是老天爺出面善後也無能為力，屆時我們這批劫飽了民脂民膏國庫的國賊官僚不負任何責任拍拍屁股走了，有積蓄的富民也走了，留下來的是什麼景象？

難道「利」字是人惟一的維生手段嗎？人類生於斯世，是求「生存」呢？還是求「生活」呢？人類生於斯世，乃是求「生活」而絕非求「生存」，這個觀念我們應該從多少年來求「利」的錯誤惡果上覺醒過來。求「生存」是不問品質的，求「生活」則是要問品質的。這也是人與禽獸差異之所在。畢竟只有「人情義理」，人纔能求得「生活」。什麼時候人纔真能幡然覺悟過來，不再有開口合口是「美國的利益」的美國總統，不再有我們這批盜劫國庫的官僚國賊，不再有心存僥倖不事生產「人心不足蛇吞象」的國民呢？我們期待人類能全體普遍覺醒過來。

——一九九七、八、下旬

人生的智慧

人若無審察是非曲直善惡美醜值得不值得的智慧，人便禽獸之不如。禽獸之生單純，本能而外，沒有額外的欲望，沒有任何觀念。人之生，本能而外，多的是額外的欲望，和紛紜瑣屑的觀念。這些欲望和觀念，使人無盡地勞身苦心，和禽獸果腹之後，萬事皆休的禽生獸生比較，人生是遠遠不及的。故我以為，禽獸是羲皇上人，而人是羲皇下人。人生的價值其實無法跟禽生獸生的價值相比。羲皇是指的伏羲氏。伏羲氏的時代，人類開始進入文明階段，額外的欲望和紛紜瑣屑的觀念，已漸漸發生，也可以說是人類生活價值不如禽生獸生的開始。故禽獸生活的價值是超越在伏羲氏以前或以上的，因此我叫禽獸為羲皇上人——如果跟人類同等看待稱其為人的話，而人類反而是成了羲皇下人，人生的價值與意義反不如禽獸。君不見禽獸何曾有憂愁？何曾被欲望所煎熬？何曾被觀念所紛擾？何曾被人際關係的種種強制與限制所囿？何曾做過惡夢？何曾有過對過去的繫念與後悔，對未來的懸疑與恐懼？何曾覺醒到生與死的無窮無盡的威迫？人類往往自認高出禽獸，優於禽獸，其實人類所自認高出禽獸、優於禽獸的事實，正是其不如禽獸的實證。除非人類普遍懷有智慧，人類或人類生活永遠是禽獸之不如的。

我們都知道，人有智愚美醜強弱的天生不平等。美醜強弱的天生不平等可是真先天的不平等，至於智愚則很難說。智者未必有慧，愚者未必無慧。人生的價值與意義，或更質直地說，人生的幸與不幸，並不決定在智或愚，而決定在慧與不慧。你見過愚者有幾多是不幸的人？很罕見！我們幾乎看不到愚者過著不幸的人生，他們因愚而近乎禽獸，本能而外無多欲望，本能而外無絲毫觀念，他們是人類中的羲皇上人，怎可能落於不幸之中呢？一切人生的不幸，全是出於智，故老子說：絕聖棄智而民不爭。智而無慧，只會製造罪惡，庸人自擾，居無寧日，終究害人害己，使人世成了地獄。

禽獸無智，果腹而後，鳥唱我的歌，獸睡我的覺，再無作為。人則異於是，人有智，果腹而後，方始作為起來，而所思所想，所作所為，無非是膨脹本能的勾當。本能原本是個可怕的機制，主旨在於爭奪與殺戮甚而是霸佔。在植物界，植物本能有爭奪地盤、霸佔地盤的作為，但有個天限。在動物界，則除爭奪、霸佔而外，有血腥的殺戮，但禽獸這種行為也有個天限。因為這個天限，動植物界雖有爭奪、霸佔、殺戮而未達於罪惡。人則不同了，人因有一個智字，這個智字原本是為認識世界而設，卻成了本能的幫手，而且還主動地去膨脹本能，這便突出了動植物界的本能天限，於是人類的本能遂成了虎，而智則成了倀，構成為虎作倀的兇厲機構，一個人類便是一個這樣的機構，兩個人類便是兩個這樣的機構，一萬個人類便是一萬個這樣的機構，單是想起來，便不寒而慄。這每一個機構對付的，針對動植物界的卻是不多，針對人類同類本身的纔是其主眼所在。這一個機構對付那一個機構，一個機構可能對付百個機構，千個機構，甚至萬個機構，乃至百萬個機構、千萬個機構，端看這個機構所佔的勢，他佔得了一個極高的勢，便可壓榨千萬個劣勢的眾機構，這裏纔真是怵目驚心，兇殘之至。但透徹地看，實在也無可憐憫之處，邪惡壓榨邪惡，罪惡吞噬罪惡，何憐憫之有？自伏羲氏以來，世界這個伊甸園，一步步淪為地獄，愈淪愈深愈暗，目前是淪沒到最深暗的一個階段，將來會不會步步升起，漸見光明，終至讓世界還其為伊甸園的原本面目，這只有天曉得，誰有這麼高的智慧來預測預知？

要地球再度成為伊甸園，有一個條件，即本能不再為虎而智不再為倀，亦即智在幫本能行使其營生生殖之際，恪守著動植物界那個天限。而要智恪守這個分際則智須得蛻化為慧纔行。慧不是什麼，只是一種態度，一種心地心性。愚者無智而有慧，這個慧雖能保其免於不幸而亦不能更有作為，他終究近於禽獸，不能算是人。若智而蛻化為慧，則作用大了，則智者所臻，正與愚者的近乎禽獸相反，是近乎神，這纔成為真正的人，這以前無寧只是一個惡魔罷了，也不能算是人。到此人類纔獲得智慧的人生，不止伊甸園再復，且進升為天堂了。

要有智慧的人生，須得有人生的智慧纔行。

人生的智慧是什麼？就是智不再沒頭沒腦去為本能作倀，使本能變成了虎。人的本能沒有自動變為虎的能力，它也沒有變成虎的本性。它原本是一個簡單的生存程式，老天一般賦予一切生物的，一切生物間的本能如有差異，則是因為該生物體的個別差異形成的，如狗有狗性，人有人性，生物個體不同，本能的作用便亦顯現些微的差異，而大段其求生的總程式是一致的；即如一株植物之於一個人類之間的異同亦然。人智有一種態度，即一個人有了一種心地心性，亦即對於生存一事，得過且過，虛與委蛇，苟且應付，此時此人便有了智慧。有智而無慧，適足以成其惡，有慧而無智，則不足以濟事。

智而且慧，這裏便呈現出另一番風光的人生，前面所謂智慧的人生是。此時人的全副心境滿腹心情，光風霽日，因為此人已超越了動物身動物生。超越了本能之謂智慧的人生。未超越動物身動物生時，人不止是一頭野獸，且是一頭作惡的野獸，亦即他是一個惡魔。超越了本能之後，人生是光風霽日的人生，風光旖旎，百花怒放，說美是不勝其美，說可愛是無限可愛，說值得則是萬分的值得。此前，亦即本能為虎而智為倀的前階段，是百般的獰猙，說醜是不勝其醜，說可憎是無限可憎，說不值得則是萬分的不值得。你說，爭帝爭王，爭權爭位，爭名爭利，日夜耗神，萬念雜廁，無時或息，既得之猶恐或失之，排擠算計，不說這種生活罪惡萬端，單是就生活論生活，值得嗎？當然，人在未超越本能之際，也只是這般生活，根本不曉得值得不值得，必待超越了本能，有了智慧之後，纔會一眼看出過去的生活完全的不值得徹頭徹尾不值得。作者所以捨棄其他形容詞，只問值得不值得，因為一切人世事，在智慧的層面上，只在值得不值得。只要不值得便無絲毫價值。智慧的人生無值得之外的價值，有價值只在值得以內，是非曲直善惡美醜全是值得不值得的事。在智慧的照明下，是非曲直善惡美醜分判得清清楚楚，是、直、善、美構成這個智慧照明下的人生，這亦即所謂智慧的人生。在智慧照明下，非、曲、惡、醜再不容存在，用康德（德國大哲學家）的口胳說，這是純粹的人生。純粹的人生，也就是一般宗教所謂的天堂或極樂世界。天堂或西天極樂世界並不存在於什麼個地方，它存在於智慧之內，在智慧照明下的世界，這世界便是天堂便是西方。

人藉著智慧自動物身動物生超昇上來，於是便有了人，真正是人的生活。這生活中，沒有爭沒有奪，沒有霸佔沒有算計，沒有恨沒有殺戮，沒有普遍存在於本能是虎智是倀的魔世魔生的貪婪與兇殘。

一般禽獸生只有一事做，便是求生存（包括求生殖），此外便無事了。一隻鳥，俗語說早起的鳥有蟲吃，一隻鳥天一亮至天黑不停地吃，一日間可能吃下千百隻蟲，這是牠求生存的生活，只此一事，更無第二事。當然，各種鳥都有牠的覓食地盤生殖地盤，為了確保自己求生存的地盤而毆逐來犯者，甚至與之鬪，這都只是份內事，不是份外事，而犯者也非出故意，故這裏談不上是非曲直，更談不到善惡美醜，因為這裏沒有智參與，純出本能的盲目行為。鳥吃蟲或果穀，獸吃草或肉，說殺戮確是殺戮，說有爭奪確是有爭奪，但這是本能天限內的爭奪殺戮，人或許認為是真爭奪真殺戮，但在老天眼裏，則既非爭奪也非殺戮。惟其是越出天限，越出生存本能，那纔是爭奪纔是殺戮，纔是罪行惡行。人智在未有慧之前，便是全做的這種勾當，即越出本能的求生界限，一味去做貪求霸佔的勾當，無休無止，而其手段即是爭奪與殺戮，這纔是真爭奪真殺戮。禁止鳥不許其吃蟲吃果穀，禁止獸不許其吃草吃肉，無異叫牠們絕滅。果真如此，這個世界只容植物存在，動物界是不許存在的。也許你可以這樣說，動物界在地球上（或在其他星球上）出現，乃是一種不幸，一種罪過。或許你是說對了，你說得斬釘截鐵，說得乾淨俐落，那麼如果這麼說，老天的創造慾是著了魔了。進化論說一切都是自然進化，如果進化論是說對了，那麼你只能喟然長歎一聲罷了，動物界終究是要出現的，套用進化論者的神話魔語：只要時間夠長久的話。只要時間夠長的話，再套用進化論的神話魔語，地球上豈止是植物界和動物界會自然進化出來，到了最後，連上帝都會從地球上自然進化出來。筆者將有一本專書《進化神話》來揭發一個半世紀以來整套進化論的混帳話。如果依進化論推，連上帝都在地球上自然進化出來，你仍是喟然一長歎呢？還是悲鳴呢？歡呼呢？依進化論作正論推，上帝是在另一個宇宙中自然進化出來的，因為祂是上帝，祂有能力，而且祂也必須證明祂有此能力，更且這是祂的本性本職，即創造是祂的本性本職，於是無可阻止地，祂便創造了我們這個宇宙。故依進化論推，上帝創造這個宇宙是無可避免的結論。宇宙原理，一句話：一陰一陽，或一動一靜。既然有了陰的靜的生物——植物界，陽的動的生物——動物界的產生是再合理不過的事了。故我們每個人都該獲得這麼一個結論：不許鳥吃蟲吃果穀，不許獸吃草吃肉，是違反天理的，鳥吃蟲吃果穀，獸吃草吃肉，只是生存生殖本能天限內的事。如果一隻鳥將整個地球劃歸牠一己所有，不許別的鳥吃蟲吃果穀呢？當然不可能有此等事，但假定有此事，則這隻鳥便犯了天限，非被眾鳥啄死不可。但人，有這樣的人嗎？答案是：人人都是這樣的人。依人智為虎作倀的本性推之，這是人人智性內事，只要智未化為慧。只要智未化為慧，智性是一往情深地去突破本能的天限，將本能無分限地擴展開去，只要它做得到的話，它終究要把整個地球劃歸這個人所有。人類史上有實例嗎？有，秦始皇、亞力山大、拿破侖、希特勒皆其倫儕也！其實人人都是秦始皇、亞力山大、拿破侖、希特勒，只要他佔到那個勢。故智以本能為虎以自己為倀，並未成為智的人生，卻反而成了愚的人生，說愚的人生也不妥當，因為愚者的人生類多有慧，故應說是愚蠢的人生。這真是一種反諷，也就是所謂物極必反（返），智走到了盡頭成了愚，這樣的愚不再能有慧，乃是真愚，俗語所謂昏了頭是也。問秦始皇、亞力山大、拿破侖、希特勒，那一個是得到好結局？你的本能變成愈是大的兇猛的虎，你的結局便愈是悽慘。不必定要像他們的人生纔算悽慘或失敗，其實在俗世以內的俗人，即本能已變成虎智成為倀的一切人，這些人的本能虎有的大有的小，大虎吃小虎，更大的虎吃大虎，最大的虎吃更大的虎，終究一切虎全以悽慘為其下場。即使不是悽慘為其下場，我在前文說過，只一個「不值得」三字，便是個不可堪的生涯了。試問本能變成了虎（不問其為大小虎）的俗世人（由虎人組成的人世叫俗世，俗人即是虎人），黃昏時在前庭後院搬出一張椅子，坐對落日；或者你家住在街市，沒有前庭後院，那麼搬張椅子凭窗而坐，對著落日，排除萬念，靜一靜，然後檢點檢點，看你過去的生涯和眼前的生涯，有那一件是值得的？沒有一件是值得的!!!你要是貧戶，你一天二十四小時在追求衣食，且不得溫飽，你也是隻虎人，只是你這隻虎人太小，被大虎吃了，你被擦身而過的轎車的風塵襲得土頭土臉，你猛的醒了過來，你是隻可憐的虎人罷了，當然你的生涯全不值得。其實你因為是隻太小的虎人，還未咬過人，你未有過罪行，還值得安慰，但一旦你時來運轉，你便會開始咬人甚至吃人了。那時你的生涯樣樣都比現時更不值得，你腦子裏的毒念運轉個不停，周流你的全身，你血管裏細胞裏的每一滴血都是毒，毒得你無一時不心煩心亂心焦心悸心慌心驚肉跳皮緊筋僵骨軟，坐立不安，睡夢不寧。這是你正走運時的生活，已經很不值得，走運時都已不值得，何況倒運來時？但俗世人的本能總是成了虎智總是成了倀，似乎是註定的，的確是註定的，幾乎無人能免，合該人世到頭來只是一場無休止的鬪爭殺伐，沒有一個人有好日子好夜晚過。但是人智陷在千萬年愚蠢中，難道就不會真的「智」過來明白過來嗎？智終歸是智，有一天終究會覺悟過來，擁本能為虎自己作倀正是成了不智，此時智自然會因覺醒而化為慧，於是人生的智慧便於焉產生了。第一個產生大智慧的人，我們便稱他為聖人，其餘的智慧者便稱之為賢人。不幸的是聖賢總是極少數，換句話說，能夠從混濁的俗世中覺醒過來的人總是少之又少，多數俗世人仍然是俗世人，他們依然順著本能無限地去滾其求生的雪球，愈滾愈大，滾得最大的，我們慣於稱他為帝為王，這種人也是佔極少數。故聖賢與帝王都是極少數，卻是分屬於兩個不同的世界，只是帝王之下有千千萬萬為數眾多被他壓榨的大小虎人為其臣民，而聖賢則較孤單，國中地廣人稀，無有臣民而已。但長遠地看，帝王之國人口會日減，聖賢之國人口將日增。那一天到來，帝王之國將從地球上消失，因為人智已全面蛻化為慧，本能已不再是人生的主宰。

——一九九八、一、七～十二

智慧的人生

智慧的人生是值得的人生，是是的人生、美的人生、善的人生。老天賦人以生存的本能，又賦智以佐之，一個不值得的人生，非的人生、醜的人生、惡的人生，乃是非經過不可的一個階段，老天早亦知之，但這個過程，就人類的全史而言，為時甚短，將來人類值得的生活、是的生活、美的生活、善的生活則是無窮無盡地長。人智之用係近萬年以來之事，這萬年中的不幸生活，方之將來無窮盡的福的生活，自不足比其長短，我們正期待著無窮盡的福的生活的到來，也就是智的全數蛻化覺醒而為慧，或曰智慧。當然在智全數蛻化覺醒而為慧的福的人生到來之前，有一段交替的階段，這交替早已於二千多年前，甚或更早，便已開始。這一段交替期，是人類史最可歌可泣的一個年段，許許多多動天地泣鬼神的人類人物故事，全產生在這一段年代；換句話說，這是一段光天耀地的人生悲劇不絕如縷地產生的年代，較諸前段，視諸後段，這是老天驚心動魄，揮灑著悲憫的眼淚，目不交睫地矚視著的年代，也是人類最可憎而又最可貴的一段年代，一切偉人聖賢都產生在這一段年代。此後福的生活中，人類再不會產生偉人或聖賢，人類將進入永恆平安的史程，當然沒有了偉人或聖賢，也就沒有了人類悲劇，這是人類共同欲求的成果，只有慶幸而無遺憾。

鼓動生物界主動生物界的是唯一的一個動力，叔本華叫它生存意志，為了明白起見，我們改稱它為生存原動力，它貫在每一株植物每一尾細菌每一隻鳥獸每一個人類的生命中，它使生物起求生的作用（包括身心兩方面，設使有心的話），起生殖的作用（也包括身心兩方面，設使有心的話），凡地球上的生物無一能免，皆受此原動力的主宰。這個原動力在人身上，因為得益於智的協助，威力至發展到異常的兇暴，將人造成到達惡魔的地步，可想而知，人世是怎樣的一個世界，為人世所寄的自然界又是怎樣地遭殃。人類世界看似文明昌盛，其實是金玉其外，敗絮其內的柑，在這個柑內生生死死的人，無論帝王乞兒，全是在別人的算計中，或說得更妥切些，在互相算計中，時刻皆陷身危險。有智的人類居然自己營造了地獄，這原本是不可思議的一件事。智怎可能變成愚？當然這是理智清醒者百思不能解的事，可是俗語指得明明白白：利令智昏。原來是人類的智聽命於本能的誅求無厭發了昏了，因而有了這個結果。智終究是要發揮澄明的作用的，它看透了一切，從此不再無限制聽命於本能，或自發地去對本能希意逢迎，於是一個智的覺醒接著另一個智的覺醒，終至人類全體智的徹底覺醒，因而一向主宰生物界的生存原動力，便不再超越天限，橫行於人世，說是生存意志或生存原動力在人世退位也好，說是人世另換了別樣的原動力也好，總之，人世改觀了，它不再是地獄，而是近似天堂一般的了。那麼這近似天堂的人世是怎樣的一個景觀呢？

在一般生物界，生存原動力永遠是主宰，但在智慧的人生，生存原動力退位了，一個新的原動力推動著這新的人世，它的名字叫做和平，分別言之，它是是，是美，是善。

設使人類永遠不得溫飽，智慧的人生很難普及於人世。在一個溫飽成問題的人世，智慧的人生只屬於少數聖賢，大眾將仍停滯在血腥的魔生中，前文所言，這是交替期的現象，也是一個最光耀的年代。一旦人類的溫飽不成問題，其實在文明的國度，溫飽早已不是問題，而文明國度依然是魔生籠罩的魔世。故智慧的人生之能開啟或不能開啟，全看人生的智慧開啟了或沒有開啟，用現代話說，物質條件並非智慧人生的充足條件，何況物質條件已無缺之時，智慧的人生理應自然來到。一旦人類的溫飽不成問題，一個普及的智慧的人生應該會成立。在過去，智慧的人生屬於少數聖賢所有，不問這些少數聖賢獲得溫飽與否。聖賢們在食不得飽，衣不得暖的苦況下，不止本能未越天限，還且被壓抑萎縮在天限以下，我們說，這是他生命中換了主人，換了主宰者。一般而言，本能是我們生命的主人或主宰，在本能做生命的主人或主宰的年代，人跟其他生物不止無異，更且惡化；前文已一再言之。我們要問：聖賢何以能換掉他生命中，這個統治一切生物的主宰？是何因緣發生了這個不可思議的事？很簡單，只因他的智蛻化為慧了。智蛻化為慧，便不再為本能作倀，本能便不能成虎，不止不能成虎，且將成為弱勢的本能，即這個本能是被壓抑了萎縮了。在動物界（包括植物界），本能是如實的一個本能，既非弱勢亦非強勢。人的本能如仍為如實的本能，而不用智，且無慧，則人與動物與一般生物無異，但人的本能如被壓抑萎縮成為弱勢，則人便超越了動物界，或曰超越了生物界，成為一種嶄新的存在，這種嶄新的存在，認真地說，已不再是動物或生物，因為他的生命不再受生存意志所主宰，即他的生命中換了主人，除非生命中換了主人，否則他不可能成為如此，不會成為如此。這生命中換了主人的嶄新存在者，對於求生求偶此等過去熱烈行之的行為，變得冷淡，並不正面予以理睬。最顯明的變化是，他對名利權勢的無視，不蓄積財富，從外觀看，他大體上是貧困的，他實行的是，不求不爭不奪，一種擺脫外物的無累生活，即沒有拖累，一身輕的生活。他心中沒有欲念的煎迫，沒有憂愁焦慮的情感情緒，是一片豁然的曠廓，這和從前滿心是雜沓的欲念為截然不同的另一種心之境。這種心境，讓他開始得以輕鬆地寄身於天地之間，成為天地間的逍遙客，即身無長物，全無負荷的散步者。這過去他身上背負著求生求偶欲念下的無盡多重物，心有所繫地一直在趕路，趕往求生求偶的一定點，一個定點再接一個定點，一件負荷再加另一件負荷，此時這一切負荷全都卸下，且一切定點也全都消失，他是一個全無負擔的散步者。有眾多一個接一個的負荷者從他身旁走過，人們（這些人）投以羨慕的眼光，卻是卸不下身上的負荷。人們害怕，害怕卸棄身上的負荷，人們要身上有負荷，負荷越多越重，心纔越是踏實，要他們卸棄負荷，無寧要了他們的命，即使只減輕負荷，他們也會起恐慌；這是有智無慧的人生，也可以說是愚蠢的人生。智慧的人生則是全然兩樣了。

曾經一度嘗試過智慧的人生的人，當然不願意再回到從前那種魔獸的生活——順著生存本能而用智，是為魔獸，我們在前面稱這種生活是魔生，這種人世或世界為魔世。智慧的人生超越了一切，最主要，或主要地言之，所謂智慧的人生，便是超越了本能的人生。生命中沒有了本能，這是天仙。生命中本能萎縮，這是地仙。智慧的人生即是地仙的人生。人所能達到的也只是地仙的境地，想達到天仙，那是不可能的，當然最好能達到。人類以達到地仙為極則。在未達這個境地之前，人類高喊和平，那是空話，是畫餅。一旦達到，起碼和平便展現於此人的心中，展現於此人的生活上。智慧者，即聖賢，之所以受人羨慕仰止，即在於和平原是空話是畫餅，卻一旦顯現在眼前，展現在某人的身上。但在魔世中，和平畢竟是不存在，或不容許存在的。和平自身，除非擁有者有意自封，它是要擴展開去的。這便關涉到，或出現我們前文所說的，光天耀地的悲劇。

光是智，在聽命於本能之際，智只能識別利與害，不能識別是非曲直美醜善惡或值得不值得。要智蛻化為慧之後，人纔有智慧識別真是真非真曲真直真美真醜真善真惡真值得真不值得，這之前，一切真假不辨。光是智，可指鹿為馬，指黑為白，一切不辨，但依於利與害。本能的世界，智只分判利害，本能的世界，由智所照明的，也只是一個利害的世界，即本能的世界，就是一個利害的世界，這個世界或人生，只有利害這一個價值判斷而無其他，利為是為直為美為善為值得，害為非為曲為醜為惡為不值得。但在智慧的人生，利害判斷退位，價值判斷不再是寡頭唯一，這裏有多重價值，有是，或曰真，有美，有善的價值，非、醜、惡為無價值反價值。這三種價值，如明燈，指引著人生，點亮在人生的處處；或說人生在這三種價值的無量光明中，如同白晝，如同永晝，而無夜晚；這是智慧的太陽永照遍照的人世。在那樣的人世，人類沐浴在這三種光之中，用這一向文章家慣說的話說，人們生活在真、善、美之中。宇宙浩瀚，萬有森著，老天在這方面給予人類索之不盡，探之不竭的物理，可任由人類，任由你去日日開拓它的真相，掀發它的真是，你求真的生活永無止境，真的是樂而忘返。或是老天給予人類一個同量無限的美的寶藏，人類窮一生的時日，絕對無慮會有一絲一毫美的匱乏，人類，當他的智蛻化為慧之後，他將生活在無盡的無限的美之中，而且與真的生活一樣，他還可以參與創造，在真與美這兩方面，人類的創造也是無限無既的。自從人類智蛻化為慧之後，本能退位，一種老天分給在人類生命中密藏千萬年的生生之德的愛（善），於是如泉之始達，汩汩而出，人不僅將生命中的愛給予親友路人，甚且給予有生乃至無生的萬有，千萬個人便是千萬道愛之泉，你處處都可飲到甘冽的愛泉之水，萬物只要參與和平，不違反和平，無不皆飲到這無盡的愛泉之水，森林中的鹿，腳邊下的草或石，啊，這世界如今是實現了的天堂！

智慧的人世，不可能再有人禍，但未必能避免天災。究尚有多少天災？當然以實際推之，天災會愈來愈少，乃至於完全無有。到那時，人世或此世界，便是已建設完成的天堂。然而智慧的人世，究還有多遠？說遠可能還很遠，說近，公元二千年，二十一世紀起智慧的人生落實於人世於這個世界，也並非是不可能的。只要人人覺悟，以放縱求生求偶的本能為恥，名利權勢成為歷史名詞。你見過豬嗎？一頭豬身上背著那麼多的肉，對牠自己是有好處或無好處？設使豬未背負過多的肉（不論是精肉或肥肉），豈非輕鬆之至！我們的富商巨賈達官顯要，便是巨品種的豬，而一般人乃是小品種的豬，只給自己過不去，何智慧之有？這樣的人世，當然是魔世，天堂永遠不會降臨。論人智之發展，如不再為本能作伥，今日人智在物質文明之成就，要實現人間天堂，其實已綽綽有餘裕。問題只在人智仍未化為慧，其屈從於本能下，就人間天堂之實現而觀，智反成了愚，人智之用，反成就了一個愚蠢的人世，離天堂之實現日遠一日，故法哲盧梭之呼籲返歸野蠻（羲皇上人時代），老子之呼籲為道日損，回歸原始似乎是一條可見且最便捷的路。公元二千年，人世恐怕反而是一個最深最暗的地獄年代，目前人類正以無節制毀滅的方式在揮霍這個地球——自有人類以來沒有這麼邪惡過愚蠢過，徹頭徹尾地徹裏徹外地，人人都在加緊要把這個地球揮霍掉，人們已至沒有子孫絕子絕孫的極惡窮兇，人人把本能放縱到極限，人智盲目到了這個地步，人智愚蠢到了這個地步，你以為人類有明天嗎？當著這一日落幕，太陽將永不再昇起，你以為人類有明天嗎？智慧的人生，天堂的實現，會不會只是賢者的一場夢？

宇宙由無物而有物，是一次奇蹟，由有物而有生物，是又一次奇蹟，由有生物而有智，這是再一次奇蹟，智的轉化為慧，則是宇宙的終極，這路程如視諸掌，瞭然在目，故智慧的人生終究會到來，天堂將實現在這個現世界之上，人終究會成為地仙。我們拭目以待罷，更重要的是我們應努力將智轉化為慧，將本能壓抑在下限以下使之萎縮，不讓它再成為我們生命的主宰，我們把生命的主宰換成真、善、美，讓我們躍出動物界甚至生物界，成為這地球上的獨特生命——地仙。

——一九九八、一、二十二～二十四

讀書雜談

人多少都有些偏食的傾向，這很可惜，有些滋味將永遠嚐不到。讀書，偏讀的傾向更大更普遍。大凡這樣的讀書人，必然思想狹隘，成就不了智識。現在，博士分科分題更精細，這條路子出來的博士，我叫他牛角尖技士，不能說是博士，因為此人絕對不博。就一個人的人格而言，智識要博大，不是智識博大，此人的人格就不可能是健全的健康的。專業只能算是技術，不是學術，俗語說：一技之長，是也。

一如樹木，有大喬木小喬木有灌木，讀書的偏讀傾向會造成人的品種的大小。書讀得廣，便關心得廣，思想得廣，反之則關心得狹，思想得狹。書讀得正，便關心得正，思想得正，反之則關心得偏，思想得偏。晚明小品，不少人愛讀。很早，我便接觸過這類作品，沒有好的本子，一向未擺上我的書桌。最近我在舊書店買到商務出的朱劍心選注《晚明小品》，本子很好，這纔首次上了我的書桌。上了書桌，這表示我會熱烈看一陣子。看來看去，越看越不喜歡。總覺得這批作者，沒有例外，全是小喬木甚至是灌木，方之唐宋八大家，自是雲泥。尋其因由，唐宋八大家之所以為大家者，因為他們都是經典出身，出身的路子便是康莊大道，所讀所思所想所關心的全是人生正面的經濟。而晚明作者的出身卻全是雜書，沒有一個是經典出身，人生正面的經濟全未觸著，這如何成得了大家。

看過一部《舒伯特傳》的電影，訝異主角身材的高眺。舒伯特以矮出名，若我未記錯，他纔有一百五十幾公分高。真訝異製片和導演怎拍得下去？鼎文書局出有一本《晏子春秋》，書首附有木版本原刻晏子坐像，卻是個偉丈夫。晏子也是以矮出名，也真訝異原刻怎都不覺，鼎文也全然未覺。

沈從文的《湘行散記》裏的〈箱子巖〉，光復當初曾經由省政府教育廳選入一本單本高中國文課本，時間大概是民國三十八年（我的記性不好，此書已遺失，編選單位可能記錯，時間大概不會錯）。此文記述端午節時箱子巖划龍舟的事，文中卻出現黃昏時一個圓圓的滿月的昇起。這一個問題幾年前我曾經寫了一篇短文提起，得罪了某些人。但近年大陸來的沈從文新版已經改了，端午節改成大端午，當地大端午在五月十五日。

作者的記性不會都是一等一的，許多作者時有誤筆。但沈從文這個誤筆，和電影《舒伯特傳》的主角，鼎文的《晏子春秋》晏子像，都乖謬得令人難以置信。

我的讀者如不是和我一般壞記性，應記得我的記性奇差，因此我的文章中的誤筆必然不能免。最近國立編譯館將我的《田園之秋》九月七日選入國中國文第三冊，發現我把貝多芬《田園交響曲》的〈牧羊人之歌〉當第四樂章，特地來信詢問，我這纔知道自己又添了一處誤筆了，真是罪過。

也有的作者是犯了意想之誤的，如王安石，《西清詩話》載有一段話：「歐公（歐陽修）嘉祐中，見王荊公（王安石）詩：『黃昏風雨暝園林，殘菊飄零滿地金。』笑曰：『百花盡落，獨菊，枝上枯耳。』」王安石這一筆意想之誤是饒恕不得的，這不是記憶之誤。有個女作家描寫小貓剛生下來，眼珠骨碌骨碌轉。這也是意想之誤，不可饒恕。小貓生下來，最快六天，一般都在十三、四天纔開目，端看母貓的營養狀況而定。

周武王伐紂，戰況之劇烈，至於「血流漂杵」。孟子讀《尚書・武成篇》讀至此，搖頭說：「盡信書不如無書，仁者無敵於天下，以至仁伐至不仁，而何其血之流杵也。」所以就是經典也未必能保證無誤（不過這回是孟子先設定前提，認定武王至仁，紂至不仁，當然會推得一個正相反的結論），讀者自己也得保留些許判斷，不過像孟子先設定立場是要不得的，那樣的話，天下就沒有一本書可信可讀了。

平生只讀有益的書，不讀無益的書，其至是閒書，我也未肯讀。除了極少數由自己目睹耳聞心惟得來的智識和認知以外，我的智識和認知幾乎全自書本中得來，可以說，書本塑造了我。因此，這些無數書本的執筆者，不論不知名（古書多數不知名）或知名，不論著者或譯者，書讀過之後，內容或許會忘記，而他們的名姓（只要具名姓），我無不記在心中；我說我的記性奇劣，可是在這方面，卻是一等一，好得出奇，真是不可思議。

有個深切的感觸，書本也和人一樣，有的頗為寂寞。我認為超乎英國文學史，一本英國人寫的最偉大的書，吉辛的《四季隨筆》——《莎士比亞全集》還遠未到這麼高境界，在英國沒有讀者，自一九〇三年初版印行後，似未曾再印行過。在美國當然更無讀者，自一九二七（或八）年發行美國版以後，也未再印行過（此版收在書箱中，一時找不到）。此書頗為寂寞，所謂曲高和寡，確非虛詞。世界上此書只在兩個國度不寂寞，其一是日本，其二是臺灣，吉辛夢都未夢過，他的讀者他的知音卻是在遠東極遠東。

——一九九八、一、十六

痛駁羅素：人與猿差異有多大？

前言

羅素在他的《科學對社會的衝擊》*(The Impact of Science on Society)*一書中說：「達爾文主義除了將『目的』字彙逐出科學領域之外，對人們的人生觀及世界觀產生許多影響。人與猿之間缺乏顯明界限，對神學家而言是很難堪的。」(陳之藩中譯《科學與社會》第十三頁)

羅素是二十世紀有數馳名全球的哲學家之一，由他的口裏講出「人與猿之間缺乏顯明界限」這樣的話，真是令人驚駭。所謂猿，現存的物種有一般猩猩、大猩猩、黑猩猩這三類。只要是看過這類動物的人，就是三歲孩童也曉得「人與猿有著顯明界限」，也就是說人與猿無論外形或內質，差異實在太大。依照羅素的看法，人與猿無論外形或內質都極為相似，在伯仲之間，很難嚴格加以分別，也就是說人與猿實在難兄難弟。此話實在太過荒唐荒謬。依他這話推，無尾熊和貓熊，也該列入和人類之間缺乏顯明界限的兩種動物了。再擴大看，只要是四足獸，除了有尾巴，和人類之間，還能有什麼顯明界限呢？俗語說一個人罔顧事實橫心講違心話叫睜眼說瞎話，正是指的這一類言論。我們覺得非常遺憾。

達爾文倡說「生存鬥爭」(The Struggle for Life) 的自然進化學說遺害後世至鉅。杜蘭《哲學史話》、《文明史話》的作者）說：「尼采是達爾文的孩子。」而希特勒便是達爾文的孫子了。羅素非不知道這禍害的事實，卻還能「執迷不悟」，不想從中徹底理出禍害的癥結所在，且又進而推波助瀾。

羅素是關心人類幸福的，但在學術思想上卻被邏輯實證論毒了他一生，形而上的實境、人類精緻的感情他都不能入。他努力著書，想用他的言論來拯救人類的不幸生活。他的《科學對社會的衝擊》一書便是出於這個企圖而寫的，卻還能寫出上引的話來。達爾文主義對後世人的人生觀與世界觀產生的影響全是負面的，羅素真愧為二十世紀有數哲學家之一。

我們不得不簡要地提出反駁。本文的目的，主要要告訴讀者不要輕信，尤其不要輕信名人名著。人人腦中都存有衡量是非曲直的尺度，一切言論，還是要靠自己動腦筋來做最後的判斷，要嚴格審察它是在零的右邊的正數，還是在零的左邊的負數。

關於「目的字彙逐出科學領域之外」這句話，筆者另有專書討論，此處不贅。

實證

1. 人類裸體無披毛；猿猴全身披毛。
2. 人類無尾；猿無尾，猴有尾。
3. 人眼露白；猿猴與一切禽獸同，不露白。
4. 人類上肢短下肢長；猿猴正相反，前肢長後肢短。
5. 人類的犬齒小形，呈門齒狀；猩猩則前角有大形的犬齒，一般猴類多有大犬齒。
6. 人類頭髮無限生長；猿猴有毛無髮。
7. 男人成年生鬚，亦無限生長；猿猴無此。

8.人老則鬚髮變白；猿猴無此。

9.人類直身行走；猿猴四肢並用。在地面行進時，猩猩類不能長時間以後肢維持平衡，常常以其較長的手臂將身體的前部支撐起來，造成半立姿態。

10.人類耳垂大；猿猴無耳垂。

11.人類有顯著的鼻樑和特長的鼻尖；猿猴無。

12.人類下頷突出；猿猴無下頷。

13.人類嘴唇外翻，露出黏液膜，上唇中間有溝；猿猴無。

14.人類頭顱高出兩耳的部分甚大；猿猴甚少。

15.人類的面部肌系比猩猩類分化較高，尤其是兩眼和口部附近的肌肉；猴類更無論了。

16.人類的顏面角（即顏面突出的角度）歐洲人約八十度，非洲黑人七十度；猩猩之子六十度弱，普通猿猴約四十五度。獸類愈是高等，顏面角愈是退縮；反之，獸類愈是下等，顏面角愈是突出，如鼠類已突出成楔形。

17.人類僅手能抓握，足不能；猿猴手足均為有效的抓握器官。

18. 人類的拇指能與其他各指完全對握；猿猴不能對握，但能拳握。

19. 人類五指（趾）能並攏；猿猴拇指（趾）叉開。

20. 人類的齒弧前方為圓形，猩猩類為方形。

21. 人類的齒拱成V字形，猿猴成U字形。

22. 人類男性陰莖有包皮；猿猴無。

23. 人類女姓陰道有處女膜；猿猴無。

24. 人類腳底呈弓形，適於支撐重量；猿猴腳板為平面。

25. 人類肥臀為海棉式軟墊；猿猴為胼胝式硬墊。

26. 人類頭部之位置與脊柱成直角；猿猴成斜角。

27. 人類的關節面與脛骨成直角；猿猴成斜角。

28. 成體人類腦的相對重量和絕對重量大於一般猴類或猩猩類。現代高加索人男性的腦體積為一三七五ml，黑猩猩只有四一〇，大猩猩為五一〇，猩猩為四五〇。

29. 生長時間人類為二十年，較大型的原猴類為三年，一般猴類為七年，長臂猿為九年，其他如猩猩為十二年。

30. 人類是美食家；猿猴以樹葉為主食，人類決難下咽。

31. 人類生殖期無定，隨個體而異；猿猴整體有定期。

32. 人類臥而面交；猿猴為騎交（乘交）。

33. 女人發情無顯眼體徵；雌猿猴則發情期生殖器及臀部皆泛紅。

34. 人類嬰兒初產無不號哭；猿猴無此。

35. 人類脊柱為雙彎曲作S形；猿猴與一般四足獸同為胸部的單彎曲。

36. 天花病毒可使人類致病，猿猴則不致病，致病亦無意義，以其不畏麻臉。天花病毒僅為人類設，因為只有人類纔有一張平滑的臉，足以供其毀為麻臉。天花病毒且知道人與猿有顯明界限，獨羅素先生不知人與猿有顯明界限，羅素先生的智識遠不如天花病毒。

37. 人類呼吸道與消化道未嚴格分開，故吞嚥時，講話或呼吸都會嗆到；猿猴類呼吸道與消化道會厭嚴格分開，故一邊進食吞噬，一邊呼吸，並不會嗆到。

38. 人類能言語；猿猴不能。

39. 人類有悲歡的劇烈表情，悲則號啕大哭，且大量流淚，臉面肌肉扭曲；歡則哈哈大笑，臉面肌肉鬆弛。猿猴無此等悲歡明顯表情。

40. 人和猿在外形上，在生質上，差異甚大。單看羅素先生的尊容和大猩猩、黑猩猩及一般猩猩的尊容，除非精神失常，不會有人說二者間「缺乏顯明界限」。如再看羅素先生的生命活動形態，再看大猩猩等的生命活動形態，除非這個人瘋了，不會說二者「缺乏顯明界限」。

41. 「人類與猩猩之間行為的差異，超乎一切構造上的差異；人類生活方式與猩猩之間差別實在太大，任何企圖想要詳細指出其間趨異演化的情形，將屬荒謬之舉。」
（《脊椎動物通論》八三四頁，**J. Z. Young** 著，于名振譯）

——一九九八、五、二～三

與某友人的第二封信

（前略）

這天底下另一家的情況，令我怵目驚心，相信您看信，看到此，或許您會掉下兩滴眼淚。我跟我的朋友時常有書信往來。我小時候，很聽父母師長的話，我有個信仰，我相信父母師長是愛我的，而且他們都有實際經驗，有許多真切的由實際經驗得來的智識，他們指導我的話，都是最寶貴不過的。這是我的信仰，也是我們那一輩孩子的普遍信仰。我跟我的朋友在信上說，所以我沒有當現代原始人。現在的孩子們，個個都排拒父兄師友，一切自己從頭來，當然這是現代原始人。我說個個是以偏概全了，其實也有少數，道道地地是現代人的孩子，他們因為不是現代原始人，他們所置身的是現代文明世界，而不是現代叢林。這些少數孩子，便成了現代世界在各方面的領導者，而那些現代原始人，命運可想而知，他們在現代叢林裏，天天都有人溺斃在休閒海濱，所謂海水浴場中，天天都拿著父母親辛苦賺來的錢去 Pub 嗑藥搖頭，或者飆車砍人，或是縱火焚屋焚車，以燒死人為樂，拿著父母親辛苦賺來的錢，到機場去尖叫瘋狂，當哈日族、哈韓族，一副現代原始人模樣。於是姦人被姦，殺人被殺，這些現代原始人除了原始的罪惡以外，他們對不上現代文明。和我們那一輩孩子能承接前人經驗智識乃至智慧，是一個天壤的對照。然而這便是似是而非的現代原始。

人以外的動物依本能行事，無智識的傳承，無文化文明的累積，牠們因之，永遠是原始的。一個有傳承，踵事增華的人群則不再有原始。一個小孩子只要讀過幾年書，他們心腦中的歲數，都有幾千乃至幾萬歲。我常跟學生說，就你腦子所裝智識而言，你有一萬歲了，你到原始部落去，你的智力表現，會讓他們驚為神。問他們，要他們擁有這些智識和判斷能力，須要再活多少歲數。如果這些原始部落的人，能思考的話，他們可能回答你須要幾萬歲。我問學生，老師有幾歲？學生紛紛猜測，最高猜到十萬歲。我跟學生說，不止十萬歲。孔子活了多少歲？七十幾。愛因斯坦活了多少歲？七十幾。孔子的心腦歲數實際是七十幾的百倍千倍。愛因斯坦心腦歲數實際是萬倍兆倍。那麼老師讀了多少書，總加起來，老師的歲數，比宇宙的年齡還大!!!這是文明人之所以為文明人的特色，也就是人不做為禽獸的特色。這社會上的少數菁英，歲數都比宇宙還大，而眾人（我的口頭禪叫眾生），則普遍只有幾百，上千的已不多，而現代原始人卻充斥著各個角落，治安問題、車禍、不幸，如何能免！

我二十歲了，成人了，我要一切自主了。呸！只要沒有真智慧，活到一百歲，還是一個莽撞的人，哪有一絲一毫正確的判斷力。我們每要做一件事，都要先下判斷，即使上廁所，都有一連串幾十個判斷要做，否則便出問題。正確的判斷？談何容易。這便是上一封信所言，劉備所以要三顧茅廬請孔明，而唐太宗李世民所以懷念魏徵的理由。

美國脫離英國獨立，實行民主自由，體現人權平等。〈美國獨立宣言〉便宣稱：「一切人天生而平等。」您認為這樣的政治和這樣的宣言，好不好？我知道您一定說好，且再加以讚美。問遍臺北市街頭上的人，不會得到和您所回答不同的答案。但是美國建國之初，美國總人口的百分之六十是黑奴。這些人，不是人罷？否則怎會在「一切人天生而平等」的宣言下，是「奴」呢？您知道，奴是既不自由又不平等的。那麼美國白人是在睜眼說瞎話嗎？正是的，他們是在睜眼說瞎話，因為人天生既不自由又不平等，民主自由，人權平等，是似是而非的兩個觀念。我很想，像魚在海裏游，像鳥在天空飛，但那是不可能的，老天限定你是一隻陸上的獸，你要求自由是你不守分。萬物全要守分，這個分使你得以平安，而也是一個束縛。故一切生物，無一是自由的，包括人在內。老天只准許你在分內生活，你一超越你的分，你便要遭受天譴，這是生物生存的大規大法，任何生物都得遵守，包括人！民主自由，因此是一個逆天逆事實的似是（好聽）而非（不合事實）的母觀念。人權平等，真有此事嗎？你幾時擁有過人權？而且什麼纔算是人呢？至於平等，嗚呼哀哉，是張曉風女士的詩和夢罷了！人天生美醜不平等，智愚不平等，個子大小不平等，基因組成不平等（關係將來一生的病痛和壽數），家庭貧富不平等，所處社會群體良窳不平等，後天遭遇不平等。人究竟有平等這回事嗎？因此人權平等也是逆天逆事實的似是而非的一個母觀念。在所謂民主自由人權平等的資本主義社會，由這兩個似是而非的母觀念衍生出來子觀念孫觀念，當然全都是似是而非的觀念。不說遠的，就說臺北市，整個臺北市都全籠罩在這兩個似是而非的母觀念下，像蛛網般，像一個有組織的有機體般，網絡著千千萬萬糾結成團的似是而非的子觀念孫觀念，於是不幸便籠罩了臺北市。只要我喜歡，有什麼不可以。自有人類以來，未曾有過像現在這樣無道的時代，父不父，子不子，夫不夫，妻不妻，兄不兄，弟不弟，以至於人不人。我該怎麼說呢？我只能說，眾生愚蠢，哀哉，阿彌陀佛！

（中略）

《中庸》有句話：「愚而好自用，賤而好自專，災必及其身。」及其身倒好，只怕是及人之身那纔是問題。前人常說：「士有諍友，君有諫臣。」士而無諍友，君而無諫臣，敗亡可立待。

前信畫龍而未點睛，因為怕寫得太長，這次把眼睛點上去。希望沒太頂撞了您！記得我心存感激，無以圖報！

冠學八、五（二○○二）

不速之客

我現在是一個人獨自生活在近三千坪的迷你林子裏。白天過得頗為愜意，周遭有的是草木蟲鳥，如山陰道上，應接不暇；夜間呢？過得並不愜意。由於近年患了「纖維肌痛」的毛病，一躺下去，被壓到的纖維肌，每一纖維都發痛，平躺痛，左側臥痛，右側臥痛，輾轉反側，要直等到厤了，纔能成眠，要平白耗費掉個把鐘頭或以上。

白日裏，不，應該自黎明說起，自從圍了硬鐵線網籬，無人進來行獵，我這迷你林子裏的斑鳩和紅鳩一月月、一年年增多了，纔露曙光，牠們的曉唱便曲曲折折傳到我的枕畔。牠們天一亮便在競唱，可以想見，歌唱者有好幾個，或許鳥類學家認為牠們是在唱給同性或異性聽，我總認為是在唱給我聽，歌唱不是為知音還為誰？

白日裏，我在舊屋讀書寫字，南窗前，也就是在我的書桌前窗外晾衣篙上，就有牠們的歌唱起，一定是一雙並肩地唱，唱著唱著，便打起架來，有時候會直打到紗門下來，不得不起身去勸架。「你們的歌都唱得一百分，難道要打架來分高下嗎？」有時候我放下書或放下筆開紗門走出去，那隻烏斑鳩居然在紗門旁簷階上，猜牠或許是來飲水的，那裏擺著一個小水盆，要不然或許是來探看這個「老」朋友的，看看是否無事？我年已逾古稀，牠關心我是合情合理的，萬一有什麼事兒，第一個見知的一定是這隻烏斑鳩。為什麼叫牠烏斑鳩呢？去年三月間，鄰居演戲酬神，辦了幾桌，那些油湯沖洗後積滿了我家大門旁的陰溝。牠，這隻斑鳩，大概是在陰溝揀食，不慎滑落陰溝，頭部以外，一身是湯油，烏黑黑的，滃滃的。我正站在新屋簷階上，牠從東邊踽踽走來，一眼看見牠那樣子，心想此君不得活矣，顯然那些油漬將牠的飛羽封住了。牠一步步來到我的面前，而後踅向南去，牠是飛不起來了。我自己原本飼有幾隻貓，母的被族孫為養鴿毒殺了，公的因此流浪不歸。此地幾乎已不見貓，但一年中還是可見到一兩隻野貓路過。牠遇見必無生理。

另有一隻公紅鳩跟我很要好。我打開紗門，見牠在庭面羊腸小蹊上。我這舊屋前整個庭面便是一片「草原」，有幾條「獸蹊」（其實是人蹊，我走出來的）。牠在「人蹊」中段，距舊屋簷階有一丈遠處，一見我，便向我走來，走到距我約五臺尺近處，那裏另有一條橫向的「人蹊」，一頭向東一頭向西，牠慣常是拐向東邊那一頭走去，那裏有蛇莓紅果可食。牠在十字蹊口上停了好一會兒，看看我，再啄一啄碎米知風草的籽，然後便拐過去了，於是我走向新屋。牠在蹊上，我是不便向牠走去的，再要好，我對牠來說，終究是個龐然大物，要我是牠，牠是我，我也會感到泰山壓頂的壓迫，非飛不可，牠要是飛了，我會覺得我大大地失敗。這隻公紅鳩，經常在新舊屋之間的空地上，跟我一同散步。

我另有約三十隻麻雀好友。家裏原本飼有好幾隻雞，一隻隻年老凋零，如今只剩B.C.一隻，一隻白色生卵種的大公雞，飼在東牆內，牠畏風畏寒，一見風便感冒，只得讓牠長年住在避風港內，那裏像口布袋，三面遮風。前年另一隻日本母小鬪雞嘉白烈還在，飼在後牆內，這些麻雀早晚都跟嘉白烈同食。前年十一月嘉白烈老死了，嘉白烈死後，我不忍牠們遽爾不得食，早晚還是開舊屋後門給飼料。嘉白烈在時，牠們是食客，這下身分改變了，牠們已變成了「食主」（姑如此名之），因而和我的關係也改變了，一天天地跟我親近了，我未開後門，牠們便在牆頭上吱吱喳喳地等著，排成一橫列，看了讓我心花怒放。我一開後門，膽子大的，或年紀小的，飼料剛撒下，便搶先降落，但很遺憾，都又飛起，牠們還不敢在我的面前自在地進食，不過牆頭距我的肩頭也只有一臺尺，這麼親近，我覺得很窩心。期待有一天，牠們會跳上我的手臂上肩頭上頭頂上來。要不是那隻烏斑鳩，我的願望會實現。

一天，照例開了後門要給食，差點兒沒踩死那隻烏斑鳩，牠跛腳，不能飛，就在我的腳趾前。顯然牠掉進陰溝後，遭遇了什麼意外，瘸了，跛了，很可能是被貓攫傷，幸而保住了一條命。我特地在另一頭給牠足量的飼料，約三、四天後，我開後門時，見牠在牆頭上等我。牠復元了，我為牠高興。

烏斑鳩無意間掉入後牆內，此事卻成了麻雀不能繼續和我親近的因子。烏斑鳩引來了另一對斑鳩。但烏斑鳩傷癒後失蹤了好一陣子，待我有一天在晾衣篙上看見牠時，牠已有了煥然一新的一襲新羽衣，看起來精神抖擻，迥非昔日落魄的神色可比。

那一對斑鳩，只敢遠遠地覬覦麻雀的飼料，要久久後纔自樹上飛下來檢食餘食，推想起來，大概有戒心。

九月一日，杜鵑強颱突襲臺灣南端，本地在杜鵑半徑三分的中段，正落在可怕的強颱主力線上。那夜十一點起，風聲飀飀地咻著，像鬼號，像魔嘯，半夜過後風漸緊，再不是號不是嘯，而是摧陷推廓，颱洪是直沖而下了。我為我的鳥類朋友驚心。牠們黃昏歸宿時，無雨也無風，牠們理應是如平常棲息在各自的枝頭上。暴風雨要是在黃昏前襲來，牠們還有機會尋覓避難處所。此時牠們全無遮護，牠們身上表面積每一公分承受的風力或許有好幾兩重，牠們的雙爪，要使出多少抓握力纔能不被暴風拉脫，牠們頭眼所受小石子般的雨點高速的密擊和風的大力搧打，那細頸繫得住那小小的腦袋嗎？牠們身上的毛羽是全濕了，體溫必定急速下降，在風雨中氣溫不會超過攝氏二十八度，人類體溫持續降在二十七度以下便將陷於昏迷，鳥類體溫高於人類，其上限當不出二十八度。颱洪摧廓聲中——這強颱正像一道道的暴洪水，分道直前摧廓，噼噼啪啪聲此起彼落，一柯柯的樹枝折了飛了，碰撞著落地了，更大的悶擊聲，那是大樹連根拔起。樹枝上的鳥兒呢？我無法想像那情境，我的腦痲了。

天明後，風雨幾乎全停了，幸而房屋無損，開門出去，新舊屋間那棵七、八米高的樹蘭連根拔起，那上面每晚都有一隻伯勞棲宿，陰溝旁那棵大龍眼樹，新屋前那棵美得不能再美的牛樟，也都連根拔起，這兩棵大樹上不知棲宿著多少隻鳥兒，林子裏十多公尺高的新株木棉，四、五十年中齡的大鳳凰木，都連根拔起，桃花心木，整排倒折，只有舊屋西新屋後七十多齡的三棵老樣安然無恙——似乎萬幸的未當在颱洪道上，也許是新舊屋擋住了颱洪，其餘的樹木無一不摧折。我最關心的……，幸而地上未見鳥體，一隻也未見。給食時，麻雀們似乎全數都到。烏斑鳩、公紅鳩、那一對斑鳩以及數百隻斑鳩、紅鳩和白頭翁、藍鶲、青苔鳥（綠繡眼）、伯勞，似乎全都健在。真是奇蹟！不可思議之至！試思想了一下，要是將人類縮成那麼小的體積，怕將無有孑遺了。

麻雀和我的關係一直未再有進展，而斑鳩的檢食則日日有寸進。那一對斑鳩，到了十一月，已經進展到喧賓奪主的地步，事態的轉變彷彿是一條屈折線，一條直線，一忽兒屈成了一個鈍角轉了方向。那一對斑鳩忽霸佔起飼料來了。一天，晨間，我開了後門，卻不見半隻麻雀，擡頭一看，三十隻麻雀列隊停在後牆東北三十米外高樓頂女牆上。我提高嗓門呼喚，牠們只在那兒跳來跳去，就是不肯下來。這種情形曾經有過，一隻大公貓伏在屋頂上窺伺，那大公貓瞥見了我，一溜煙跑了。我再敲敲飼料盆，麻雀們還是不下來。探頭看屋頂，居然是那一對斑鳩！此後端看那一對斑鳩在不在，在時全數不到，不在時，時或半數到，或幾隻到，盛況已不再。那一對斑鳩到後來居然老是守在屋頂上。

我只得死心了。

即使不被那一對斑鳩破壞，我和麻雀們的親密關係也不可能繼續維持下去。十一月二十三日中午，忽聞見新屋西南屋角邊牛樟上有鈴聲，擡頭一看，是一隻鷹，雙腳有鍊條，各栓在一小截細橫木兩頭。那鷹一見我，振翅飛去，初時那細橫木正跟地面平行，僅飛了一小段路程，右腳那一頭脫落了，細橫木斜斜地垂盪著。下午，牠來攻擊我掛在寮屋籠子裏的一對紅鳩，牠是雀鷹！我把紅鳩移入屋內。這一對紅鳩剛一出巢便落在圍籬的大門下，乖乖地並排站著。那是一天大清早，家裏還養著兩隻公貓，一壯一少，還未出去流浪，少者北極星，正在鄰屋屋頂上覬覦麻雀，真是好險，牠一下來，這一對小兄妹絕無生理。我趕緊搶前一步捧起，回頭交給小女兒。小女兒一直不肯放牠們回歸自然，躭心牠們餓死。小女兒臨行還頻頻囑付老爸不得野放。我怕她回來時不見了牠倆，因此一直留在籠子裏。靠寮屋壁還籠掛著三隻鳥，都是小女兒的好友。

雀鷹一直逗留在寮屋前，見我已不怕。牠看見了舒遲卡（一隻老母狗），似乎很不順眼，衝下來掠舒遲卡的背，那枝細橫木還斜垂著，舒遲卡渾然不覺，可見得雀鷹飛行的迅疾已至於無聲無臭（雖然有鈴聲）。牠的飛行倏如閃電，在空曠場所，無一隻鳥兒能倖免，幸而這裏是一座林子。牠不得逞，便轉而尋向籠中鳥。那三隻小女兒的好友，只得加掩護物掩護。

這隻雀鷹在新舊屋及寮屋周邊，待了一整週，末尾那一天上午，我正在新屋簷階上站著，牠飛來簷邊牛樟上（細橫木已不見），在高枝上停了約莫近十分鐘，我在簷下仔細地仰看，還用玩具望遠鏡端詳。十分鐘後牠向東飛去。

慶幸牠走了，不然這林子裏的鳥會絕滅。現在是冬季，不是繁殖期，一到開春，鳥兒們築巢、孵卵、育雛、習飛，樣樣不可能。慶幸牠走了，這鳥兒的伊甸園又恢復了平安。這隻雀鷹的入侵，我非常懊惱，我不能想像牠吃殺我的鳥。這一週來，是麻雀的話，牠至少吃殺了十四隻——一天兩隻，是斑鳩的話，至少七隻。我為此問計於我的母弟，如何收拾牠。我的弟弟建議我用彈弓射殺，他願意來代替我執行。幸而牠走了，可以免除這艱難的工作。

但一天下午，又聽見了鈴聲，牠，又回來了。自此牠隔幾天就回來一會兒，一會兒之後又走了。牠來不來，不必聽見鈴聲，有鳩便表示牠不在，一片死寂便表示牠在。鳥兒們似乎能夠直覺測知。看見一隻公斑鳩在鄰屋電視天線上高唱，為牠捏把冷汗，牠要是遭攻擊，準不得脫，可是牠卻十拿九穩。一天上午，新屋前地面上，聚集了二十來隻鳩，牠們是來尋求庇護的；北溝那一帶，牠正在大事搜捕。事實上，野地生物，都頂愛和人類親近，只要人類無忮害之念，人類自是牠們的保護神。可是我有權力提供鳥兒們伊甸園，卻無力維持。彈弓已在手，我有權嗎？有力嗎？如果我無權力維持，眼巴巴地，我的日子會很難過。

──二〇〇三、十二、三十一～二〇〇四、一、一

附記：

1. 那隻雄紅鳩，曾經來到我的腳趾前三十公分內。一路我跟他講話，他到三十公分內時，我躭心他轉出去，不敢再講話，反而靜得讓他慌了，就轉出去了。我真笨！
2. 杜鵑颱，二〇〇三年九月一日夜侵襲南臺灣。
3. 本文是應《蘋果日報》副刊盧郁佳小姐之邀而寫，寫得太長了，沒寄給她。

閱讀陳冠學

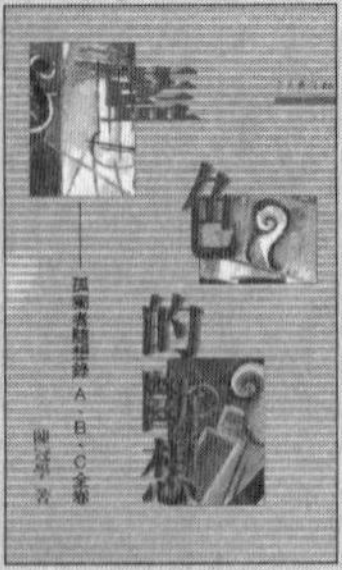

86 藍色的斷想——孤獨者隨想錄A、B、C全卷

作者一向只願意面對大自然和田園，而不願意面對人世，但他總不能忘情人世。這是一本人世思考的總匯，帶著深沉的憂鬱，面對人世的著作。

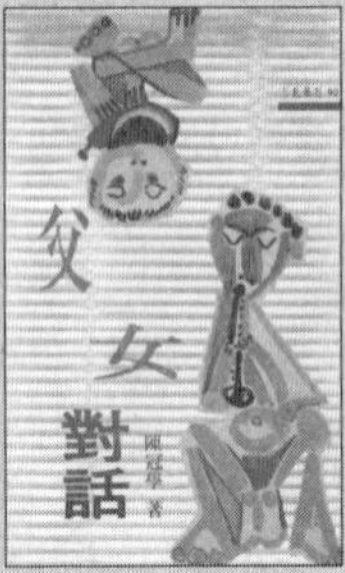

92 父女對話

本書記述一位老父與五歲幼女在人世僻靜的一個角落，過著遺世獨立的生活的文字畫，山林蓊鬱，山泉甘冽，自有一份孤獨的甘美。舉世滔滔，這應是一面明鏡，堪供讀者對照。

166 莎士比亞識字不多？

誰能相信：最偉大的文學天才莎士比亞其實識字不多？他只不過是一名演員、戲院經理、投機生意人罷了。想了解這西洋文學史上大烏龍事件的始末嗎？

202 進化神話 第一部——駁：達爾文《物種起源》

萬千物種是從最原始的單細胞生物逐漸演變而出這是達爾文的偉大發明。可是有誰讀過達爾文的書？你相信嗎？其實達爾文的書寫得一塌糊塗！

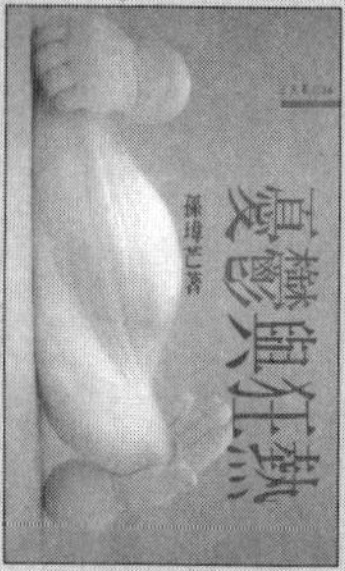

36 憂鬱與狂熱

孫瑋芒 著

從輕狂少年到懷憂中年，從鄉下眷村到都會臺北，從愛情到知識，都有一股狂熱在燃燒。狂熱消沉時，便化作憂鬱。詩意的筆調、鋪陳豐饒的意象，表現了生命進程中的憂鬱與狂熱。

94 墨趣集（經典重刻）

孫如陵 著

我們很容易在追逐新作時，忘了經典總能在時間長河中熠熠發光。孫如陵先生的方塊文章，不管是生活瑣談或編輯工作心得，在這麼多年後重新檢閱，我們仍震懾於他洞燭問題核心的能力。

96 兩　地（經典重刻）

林海音 著

一個是父母的家鄉，一個是成長的地方。客居北平時，遙想故鄉的親人；回到了臺灣，卻懷念北平的人情景物。兩地的相思，懸著的是一顆想念的心。於是，林海音寫下了對於這兩個地方的思鄉情，為生命中的兩地留下溫暖的回憶。

98 校園裡的椰子樹（經典重刻）

鄭清文 著

鄭清文在其作品中，對人、對事都採取他一貫「簡單」描述卻「豐富」呈現的特殊風格。無論是中年失業的一家之主，親人自相殘殺的孤獨女子，身體殘障的大學女講師……，這些看似悲劇色彩濃厚的人物，在作者筆下，總能在沉重的身心煎熬之後，雲破天開，找回自己的尊嚴與定位。

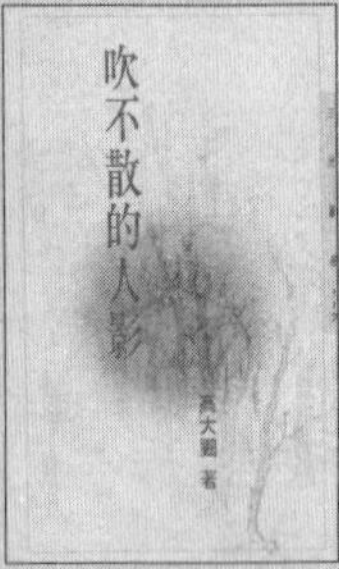

112 吹不散的人影　高大鵬 著

追念時代典型人物的背影，進窺歷史的脈動、時代之造型；就當代經典名著鉤玄提要、畫龍點睛；記錄成長蛻變之雪泥鴻爪、讀書求學之心路歷程，處處顯現對時代與人性深切的關懷。

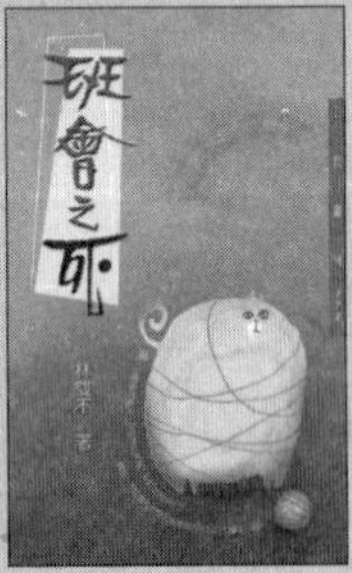

172 班會之死（經典重刻）　林雙不 著

多少年輕的心，在聯考之下，糾結得就像是被毛線纏住的大貓咪，扭動著想掙脫些什麼，卻什麼也掙脫不了。然而，無論「一試定江山」的大考在你而言是未來式、現在式，或是過去式——你都將在這裡，發現自己、和戚戚的感動相遇。

257 時還讀我書　孫 震 著

「既耕亦已種，時還讀我書」，本書或談人生點滴，或敘還鄉情怯，或言師友交誼，以髮上青春的墨色，留下扉間歲月的字跡。所見的不只是天地悠悠，更有生命的尋思與豁然。

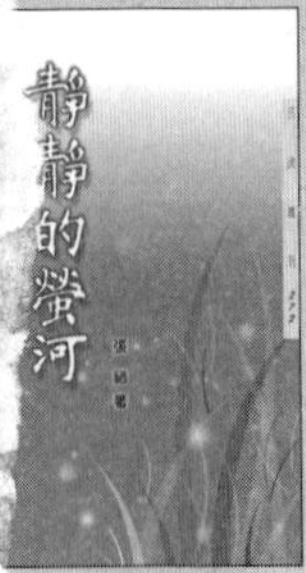

272 靜靜的螢河　張 錯 著

假若詩不僅是感情滿溢迸露，更是心情寧靜追憶，那麼散文創作，應該就是寧靜而沉著的感悟傾訴。作者在這本散文集子中，嘗試自濃郁詩意抽身而出，以冷冷一眼投向世間虛幻。他體悟到從一樹橘子成熟到一夕曇花綻放凋謝，都是不斷在啟示生命的深[illegible]時或美麗完成。

國家圖書館出版品預行編目資料

訪草第二卷／陳冠學著.－－初版一刷.－－臺北
市：三民，2005
面；　公分.－－(三民叢刊:85-2)

ISBN 957-14-4176-7　(平裝)

855　93024833

網路書店位址　http://www.sanmin.com.tw

著作人　陳冠學
發行人　劉振強
著作財產權人　三民書局股份有限公司
臺北市復興北路386號
發行所　三民書局股份有限公司
地址／臺北市復興北路386號
電話／(02)25006600
郵撥／0009998-5
印刷所　三民書局股份有限公司
門市部　復北店／臺北市復興北路386號
重南店／臺北市重慶南路一段61號
初版一刷　2005年2月
編　號　S 856710
基本定價　貳元肆角
行政院新聞局登記證局版臺業字第〇二〇〇號

ISBN 957-14-4176-7　(平裝)

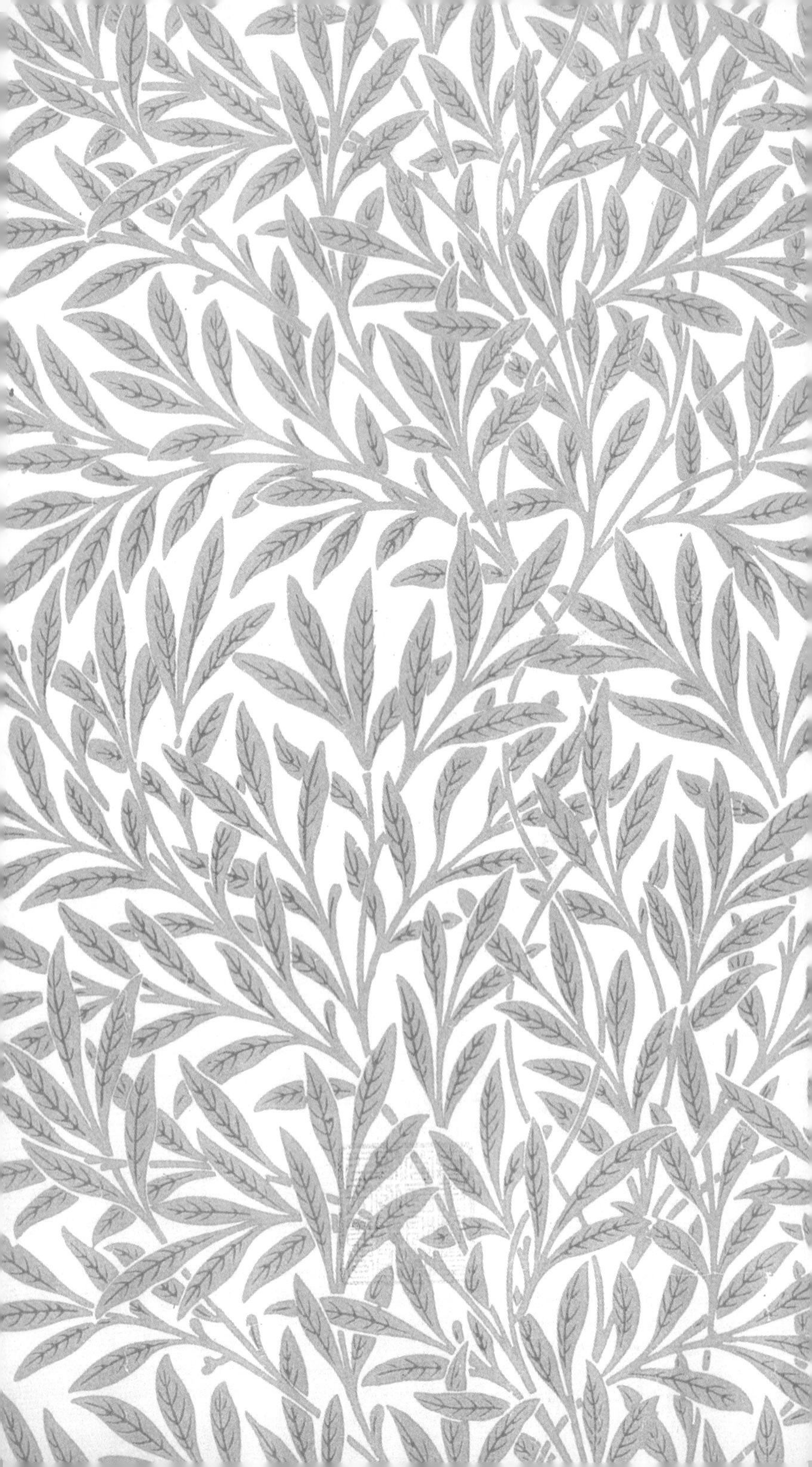